紅蓮鬼

高橋克彦

角川ホラー文庫
12789

目次

淫鬼

1

延喜《えんぎ》八（九〇八）年の夏のことである。

志摩《しま》の国、賢島《かしこじま》。暴風の荒れ狂った翌朝。その入り組んだ湾内に帆柱の折れた見慣れぬ巨船が流れ着いた。漁民たちは小舟を仕立てて巨船に近寄ったが、間近に至ると屍臭《ししゅう》を嗅《か》ぎ付けて及び腰となった。船の周りを回って声を限りに叫び立てても返答はなかった。浜で思っていたよりも船縁《ふなべり》は遥《はる》かに高く、簡単には乗船できそうもない。日本の船でないのも確かだった。途中から折れて船縁より垂れ下がっている帆にはだれにも読めぬ文字が大きく記されていたのである。遠巻きにして眺めているうち漁民らは寒気を感じはじめた。これほどに大きな船が物音一つ立てずに浮かんでいる。その静けさに耐えられなくなったのだ。恐らくは嵐に遭遇して難破したものと思われる。だが、それなら船体に損傷が見られそうなものだ。帆柱が折れたとしても浮かんでいる限りは乗員皆が死ぬことはない。あるいは疫病でも発生して乗員が死に絶えたあとに嵐が襲ったのだろうか。それが一番に考えられそうなことである。漁民たちは船からさらに遠ざかった。このままにして役人に届けるのがいいと意見が纏《まと》まった。湾に流れ着いたものはなんであれ浜の者に権利がある。いつもはそうするのに、だれ一人それを言い立てる者は居なかった。それほど船は禍々《まがまが》しいものに見えた。

そして夕刻。

夕日がぎらぎらと海を燃やしている刻限に、ようやく三人の役人が駆け付けた。船は変わらず湾の真ん中に浮かんでいる。役人はまずじっくりと化け物船を観察した。漁民たちは船をそう呼んでいたのである。

「唐《とう》か新羅《しらぎ》の船であろう」

年嵩《としかさ》の役人が口にすると他の二人も頷《うなず》いた。

「商船とも違う。それなら荷が見えるはず。対馬《つしま》の辺りにしばしば出没すると言う海賊の船ではないのか？　油断は禁物じゃぞ」

「生きてる者は一人もおりませんよ」

傍らの漁民が断じた。朝から皆が目を離さずに居る。気配を感じないわけがない。仮にそうだとしても半死半生の者に違いない。

「人が操らずに無傷でここまで入って来れると思うか？」

言われて漁民らも顔を見合わせた。湾の入り口である御座岬《ござみさき》の辺りはともかく、ここま

で来るにはいくつもの小島を避けなければならない。操る者が居なければ無理だ。今夜は寝ずの番をして
「なのに助けを求めず身を潜めているとなれば海賊としか思えぬ。今夜は寝ずの番をして見守るのが安心というものじゃな」

「見には行かねえんで？」

「日が暮れかけておる。明日は兵を引き連れて参るほどに見張りを怠るな」

「真夜中に襲って来たらどうするんで？」

漁民たちは不安な顔をした。

「帆が折れていてはどこにも逃げられぬ。向こうも迂闊《うかつ》な真似はするまい。浜に篝火《かがりび》を燃やしておれば近付こうとせぬはず」

役人らは言い捨てて立ち去った。

「頼りにならぬお人らだ」

漁民たちは吐息した。海賊かも知れぬとあっては穏やかではない。

「いっそのこと火をかけて燃やせばどうだ」

一人の言葉に何人かが同意した。だが役人が来てしまったからにはむずかしい。

「とんだ疫病神が舞い込んだものよな」

まさにそれは疫病神の出現であった。

そして――

翌日、三十人ほどの兵を引き連れて現われた役人は思いがけない報告を聞くこととなった。集落の者が八人殺されたという知らせであった。しかも下手人は若い娘であると言う。

「海賊の仕業ではないのか？」

「おみつのしたことに間違いございません」

集落の長《おさ》は溜《た》め息混じりに応じた。

八人の死骸《しがい》の集められている小屋に一歩踏み込むなり役人は思わず立ち尽くした。あまりの血腥《ちなまぐ》さに吐き気を覚えた。被《かぶ》せられている莚《むしろ》もどっぷりと血を吸い込んでいる。尋常な殺し方とは思えない。妙な位置に飛び出している腕も見えた。恐らく切り落とされたものであろう。

「娘一人にできることではなかろう」

役人は信じなかった。

「皆が見てござります。ようやくの思いで取り押さえました」

長はまた溜め息を吐いて応じた。

「どうやってこの者らを殺した？」

「二人についてはおみつの暮らす小屋の中でのことゆえ、しかとは申せませぬがの……他は浜で襲われてござる。いずれも夜っぴて化け物船を見張っていた者ら。焚《た》き火を囲んでいたところにおみつが大魚を捌《さば》く包丁を手にして飛び込んで参ったとか……知らせを受けて手前が駆け付けたときにはすでに六人は虫の息となっており申した。二十人ほどがおみつを遠巻きにしてござったが、危なくて手出しなどでき申さぬ。そのうちおみつが口から泡を噴いて苦しみはじめたので、なんとか押さえることができた次第」

「間違いなく殺しの場面を見たのだな？」

「何人もが。おみつが包丁を振りかざして浜へ駆けて行く姿を見た者も」

「力の強い女であったのか？」

「そんなことは断じて。普段は心優しい娘にござりました。儂《わし》らにもなにがなんだか……体の弱い父親と二人きりの暮らしをしておりましてな。よく働くと評判の娘で」

「小屋で二人殺されたと言うたが、そうすると一人は女の父親か？」

「さようで。もう一人は太吉と言っておみつと一緒になる約束を交わしていた男。おみつを捕らえてから父親に様子を訊《たず》ねに行かせたところ、二人のことが分かりました」

口にして長は眉《まゆ》を曇らせた。

「どうした？　なにかあったのか」

「そりゃあ酷《ひど》い殺されようで……とても実の娘がしでかしたこととは……」

「この中にその死骸があるのか？」

長は頷いて若者に右端の莚を捲《めく》るよう促した。役人たちは莚の周りに立った。

現われた死骸を見下ろして役人たちは絶句した。死骸は全裸で、腹を十字に切り裂かれ、しかも男根が根本からえぐり取られていたのである。長はそのとなりの死骸の莚も外させた。太吉の方は男根の他に首まで綺麗《きれい》に落とされている。寒気を誘う死骸であった。

「小屋の中は血だらけにございました。まったく……なにがあったものか」

「女は正気に戻っておるのか？」

「さっぱりで。体をがたがた震わせて喚《わめ》き散らしてばかりおります。縄で縛り付けて男らが見張っておりますが、狐でも取り憑《つ》いたとしか思えぬ様子」

「化け物船どころではなくなった」

役人たちは互いに頷いた。こんな騒動はだれにも生まれてはじめてのことだった。

「しかし、女の仕業とはっきり分かっておるなら面倒もない。落ち着くのを待って問い質《ただ》せば済むことだ」

「一刻も早くおみつを役所の方にお引き取り願わねば新たな騒ぎとなりまする」

長は懇願した。

「殺された者らの身内がおみつを引き渡せと儂のところに詰め掛けておりますので」

「どうせ死罪となろうが、調べが済むまでは許さぬ。儂の言葉だと言うて鎮めよ」

役人は配下の者に命じた。

「化け物船の方はいかがいたします？」

配下の者が質した。

「この重なりがたまたまのものであるかどうかじゃな。昨日の今日であるぞ」

それに役人らは暗い顔で頷いた。

とりあえず女はそのままにして役人たちは化け物船の検分にかかることにした。雲一つない青空が広がっている上に三十人の兵を引き連れているので恐れは薄れている。舟を漕《こ》ぐ漁民たちも加えれば五十人にもなる。

「確かに人が潜んでいるようには見えぬの」

穏やかな海面を滑るように舟が進む。接近しても化け物船は静まったままだ。役人は首を傾げた。昨日も言ったように、人が操らなくては船がここまで入っては来られない。

「あのように鳥が何百羽となく甲板に舞い降りておる。慌てて飛び立つ鳥が一羽もおらぬのは人の気配がないということだ。鳥ほど敏感なものはおらぬ。海賊どもはすでに闇に紛れて浜に逃れたのではないのか?」

「とんでもねえ」

漁民たちは首を横に振った。

「明け方まで五、六十人ほどが浜で見張っておったんでございやすよ。舟も何度か出しては様子を探っておりやす。月明りもごぜえやした。一人や二人ならともかく……これだけの船を操るとなりゃ十人は人手が要りやす」

「すると……力尽きて死んだか」

それ以外に考えられない。漁民らも頷いた。

「船の腹に寄せて梯子《はしご》を立てろ」

役人は力を得た顔で兵らに命じた。

舟のいくつかが化け物船の腹に横付けされた。波に揺られながら梯子を伸ばす。

「死骸の臭いがする。たまらんな」

役人は舌打ちした。鳥がいっせいに船から逃げる。その鳴き声が耳にうるさい。

「次々に乗り込め。十人の数になるまで船縁《ふなべり》で待て。迂闊に動き回るでないぞ」

兵を先に行かせて役人は見守った。

乗り込んだ兵らの動転の声が伝わった。

「どうした！　なにがあった」

「地獄に……ござりまする」

兵の一人が船縁から顔を覗《のぞ》かせて吐き散らした。汚物が下の舟に降り注ぐ。

役人らも覚悟を定めて梯子を攀登《よじのぼ》った。

船縁に手をかけて頭を出した途端、鳥に食われて白い骸骨《がいこつ》と化した死骸が真っ先に目に入った。兵たちが怯《おび》えた顔で待っている。屍臭《ししゅう》に思わず眩暈《めまい》がした。船縁から海へ転げ落ちそうになる。なんとか堪《こら》えて役人たちは甲板に上がった。

「こ……これは」

甲板のあちこちに転がっているぼろ切れのように見えたものがすべて死骸と分かって役人らも青ざめた。三十ではきかない。嵐で舟が傾いたときにでもかたまったのか腐り果てた首が七つ八つ甲板の片隅に重なっている。

「十日やそこらは経っておりましょう」

気丈な顔をした一人の兵が言った。

「馬鹿な。それなれば海に投げ捨てよう。死骸をこのままにして置くものか」

「間違いござりませぬ。なにが起きたかは知れませぬが、一人残らず一度に死に絶えて船ばかり海を彷徨《さまよ》っていたのでござりましょう」

何人かでも生きていれば死骸《しがい》を片付ける。

「船底を捜せ！　必ずだれかおる。でなければ船は動かぬ。ここまで辿《たど》り着けまい」

兵らは渋々とその命令に従った。船底に通じる扉を何人かで開ける。生臭さが兵らの鼻を衝《つ》いた。梯子があるものの、直ぐには入って行けない。暗さが恐れを増す。

「だらしなき者どもじゃ！」

役人は叱咤《しった》した。三人の兵が下りる。悲鳴のようなものが船底から響いた。一人が駆け上がって来た。蒼白《そうはく》となっている。

「この船はただごとにござりませぬ！」

「なにがある？」

「夥《おびただ》しい死骸が……床は血の海にござる。嵐などで死んだのではありますまい。首や腕は千切られ、刀が散らばってござります」

さすがに役人らは息をのみ込んだ。

「生きておる者など一人も……」

兵はがたがたと震えはじめた。

2

それからおよそ半月後のこと。

山間《やまあい》を縫って奈良と志摩とを結ぶ街道に榛原《はいばら》の里がある。そこからわずか下った高井の集落を目指して六人の男たちが歩いていた。四人の兵を先に立てて進む二人は榛原近辺を管轄する宇陀《うだ》の郡衛に出仕する主帳と書生であった。なにか揉《も》め事や異変が生じたときは書生が詳細を記録し、主帳が判断を下す。階位こそ低いが、主帳は内裏が直接人選して派遣する者なので権限は大きい。上司である郡司でさえも主帳の裁定には異議を唱えられない定めとなっている。実際にはそれほどの揉め事など何年に一度もないのだが、それだけに主帳としての地方への任官は出世の糸口とされている。すべての訴訟の始末は詳細を添えて都へと伝えられる。鮮やかに決着をつければたちまち才能を認められて内裏に引き戻される可能性があるのだ。野心を胸に秘めた若い役人にとって主帳に任ぜられることは力を示す絶好の機会ととらえられていた。

「お疲れにはございませぬか」

足取りの軽い加茂忠道《かものただみち》に書生の清貫《きよつら》は汗を拭《ぬぐ》いつつ質した。きつい山道を二刻《ふたとき》（四時間）近くも歩き詰めである。暑さも堪《こた》える。兵らもだいぶくたびれている様子。川で汗を取らせてはいかがでしょう」

「そうするか」

忠道も年長の清貫に素直に従った。宇陀に赴任してまだ三月にもならない。その間、些《さ》細《さい》な揉め事ばかりで気が抜けていたところだ。そこに大事件らしき報告が入って心が逸《はや》っている。それで自分一人気が急《せ》いていたのだ。

「さすがにお若い。感服仕《つかまつ》りました」

兵らを休ませて川岸の草に尻《しり》を落とした清貫は荒い息をしていた。三十過ぎているのに小さな郡の書生ではもはや先行きも知れている。清貫は人柄が取り柄なだけの男だった。

「高井に寝泊まりできる家はあるのか？」

忠道は目の前の川の水をすくって顔を洗いながら清貫に訊《たず》ねた。清貫は宇陀の郡衛に八年も勤務している。

「まともな宿はありますまい。長《おさ》の家で満足召されぬときは榛原まで戻らぬと……」

「五人も死んでおる。調べが長引くかも知れんぞ。榛原には戻れまい」

昼を過ぎている。空にも少し陰りが見られた。俄雨《にわかあめ》でも降ってきそうな按配《あんばい》である。

「五人とは……まことでございましょうな」

清貫は疑わしい目で言った。

「高井は小さなところ。一夜のうちに五人が殺されるなどとても……無駄足にならねばいいがと案じており申す」

郡司もとりあえずは兵だけを行かせて真偽を確かめるのが先と言っていたのである。

「無駄足でも構わぬ。まことであったときは一刻も早く駆け付けるのが大事。五人が殺されるなど都でも滅多にないことだ」

「知らせでは野盗などの仕業ではないとのことでござったが……」

清貫は不安そうに四人の兵を見やった。なにしろ慌ただしい報告で詳細は知れない。もし野盗であったときは心許《こころもと》ない人数だ。清貫は刀など一度も振り回したことがない。

「参るぞ。雨になりそうな気配」

忠道は清貫を促すと腰を上げた。

「俺には野盗より鬼の仕業という噂の方が気になる。山の中のことだ。鬼が出てもおかしくはない。弟でも近くにおれば呼び寄せたのだが……」

「弟御と申されますと？」

「忠行《ただゆき》と申して、そういう道の修行を重ねている。加茂の家はもともと鬼と縁が深い」

「では内裏の陰陽寮《おんみようりよう》にでもご出仕を？」

「残念ながら加茂の力は衰えた。俺がこうしてここに居るのでも知れよう」

苦笑して忠道は山道に戻った。


辿り着いた高井の集落は心なしか薄ら寒い印象を覚えた。集落の頭上をすっぽりと覆っている黒い雨雲のせいでもあろう。忠道は坂道を下って集落に踏み込んだ。宇陀の郡衛の者と分かったらしく男たちが小屋から出て集落の入り口で出迎えた。

「加茂忠道じゃ。知らせを受けて子細を調べに参ったが、五人が死んだと言うはまことか」

忠道は一歩前に出た老人に質《ただ》した。

「炭焼き小屋で殺されましてござります。助かったのは小屋を預かる者の孫娘一人。なんとも恐ろしきことで……」

「炭焼き小屋とあれば深い山の中か？」

「さようで。死骸《しがい》は里に運び下ろして参りましたが、小屋をご覧になりまするか？」

「死骸の様子を見てからにしよう。山の中のことであるなら獣の仕業ではないのか？」

「ご自身でお確かめくださいまし」

老人は忠道を近くの小屋に案内した。共同の作業小屋らしい。莚《むしろ》や籠《かご》が小屋の外に出されて重ねられている。小屋の入り口には泥のようになった血が溜《た》まっていた。むっとする血の臭いに忠道は逡巡《しゅんじゅん》した。老人が先に入る。忠道も平静を装って中に入った。

五人の死骸が狭い小屋に並べられていた。血が外にまで溢《あふ》れていたのも当然のことである。死骸はすべてがずたずたにされていた。頭を割られ、腹を切り裂かれ、腕や足を落とされ、満足な死骸は一つとしてない。忠道はなにやら柔らかい物を踏んづけた。それが目玉と分かるまで少しかかった。必死で悲鳴を堪える。よく見ると腸《はらわた》のようなものが土間にあちこち散らばっていた。

「獣の仕業などではございませぬ。鉈《なた》で襲われたとしか……なんともむごいことを」

「野盗でもないのか？」

覚悟を決めて一つの死骸の傷を見定めながら忠道は老人を振り仰いだ。兵を指図しているという矜持《きょうじ》が支えとなっている。

「炭焼き小屋を襲う野盗などおりませぬよ。第一、野盗であれば孫娘が無事では済みますまい。必ずさらわれておりましょう」

「娘の歳は？」

「十四にございます。なかなかの器量」

なるほど、と兵らが先に頷《うなず》いた。

「娘が変事を伝えて来たのだな？」

老人はこっくりと首を縦に振った。

「娘は見たのであろう。なんと言った？」

「鬼が飛び込んで参ったと、それはかりを繰り返して気を失いました。一日が過ぎても眠りこけたままの始末」

「気が触れたか。これほどの惨事を目の当たりにすれば致し方ない。大の男でさえ動転して腰を抜かす」

「このままでは恐ろしくて山に近付けませぬ。山は我らの拠《よ》り所。退治してくださりませ」

「まだ鬼と決まったわけではない。鬼なれば鉈など使わぬような気もする。鬼と思わせんとして面を被《かぶ》っていたのかも知れぬぞ」

「だれがでござりまする？」

「それを調べに来たのだ。しばらくは外に出ておれ。我らだけで死骸を検分する」

忠道は老人たちを追いやった。

「清貫、死骸の一つ一つの傷を克明に控えよ。衣を剝《は》ぎ取り、水で洗い流して細かくやれ」

「一度外に出した方がよろしいのでは？」

うんざりした顔で清貫は言った。臭いが狭い小屋の中に籠《こも》っている。

「村の者どもを怯《おび》えさせるだけだ。いかにも尋常なことではあるまい。そこに転がってい
る首は鉈で落とされたのでもなさそうだ。どう見ても引き千切られたとしか思えぬ。今は
ああ言ったが、鬼の仕業ということも……」

「鬼など本当におりますので？」

「居るからこそ加茂の役目がある。俺はまだ見たことはないが、そう聞かされて育った」

忠道はそう言ってまた死骸を見下ろした。

検分が進むにつれ吐き気がつのる。水をかければ傷口があらわとなる。頭を割られた死
骸が多い。まるで柘榴《ざくろ》だ。土間に散っていた腸や肉片もはっきりとする。兵の一人が不審
な顔で肉片の一つを覗《のぞ》き込んだ。

「どうした！」

悲鳴を発した兵に清貫が叫んだ。

「まらにござります」

兵はそれだけ言って傍らに吐いた。

「まらなど珍しくもなかろう。だれにもある」

忠道は強がりで口にした。自分がしっかりとしていなければ全員にそれが広がる。だれもがこの小屋から早く出たがっているのだ。

「この男はおっ立てて死んでおりますぞ」

別の死骸の衣を剝いでいた兵が首を傾げた。忠道も覗いた。いかにもまらが太くなっている。忠道たちは顔を見合わせた。

「どういうことであろうな」

さすがに忠道も眉根《まゆね》を寄せた。まぐあいの途中で死ねばこうなるらしいと耳にしたことはあるが、それは話ばかりで見たことがない。そもそもまぐあいなどする相手がこの男にはなかったはずであろう。

〈いや……〉

十四の娘が居る。忠道の目が輝いた。

「どうかなされましたか?」

清貫が気付いて訊ねた。

「娘にとってはまさしく鬼と見えたやも知れぬな。だんだんと読めてきた」

兵らも検分の手を休めて忠道を見やった。

「この者が娘を襲ったのであろう。それを知って娘の祖父がこの男をまぐあいの最中に殺《あや》めた。続いて男の仲間らが報復に出た。そう考えれば辻褄《つじつま》が合おう。いずれも樵《きこり》。鉈を扱い慣れている」

「その場合……五人が五人とも死ぬものでござりましょうか」

清貫は唸《うな》りを上げて腕を組んだ。一人や二人は生き延びそうなものである。

「隙を見て娘がやったとも思われる。一人のまらを切り落としているのが証《あか》しだ。女の恨みと取れるではないか」

「すると……気の触れているふりを？」

「考えられるな。清貫、娘を見て参ろう。そなたらはこのまま検分を続けろ」

忠道は勇んで小屋から出た。これを見事に解き明かせば内裏にも必ず伝わる。忠道の足取りは弾んでいた。

「娘の寝ている小屋はどこだ？」

外で待っていた老人が忠道の先に立った。老人のところで預かっていると言う。

「娘の衣にも血が着いていたであろう」

「さようで」

「なれば側に居たことになる。鬼なら容赦せぬ。そのくらいのことも分からぬか」

「では娘が怪しいと申されますので！」

「もともと娘には罪なきことだがな」

確信を抱いて忠道は老人の家に入った。

戸口で外の様子を眺めていた女子供が奥へ逃れる。忠道は構わず上がった。となりの板間に娘が寝かされていた。忠道はわざと床を踏み鳴らして接近した。だが娘にはなんの変化も見られない。莚に仰向けとなって眠っているように見えた。

「悪いようにはせぬ。安心して起きよ」

忠道は娘の枕元に胡坐《あぐら》をかいて言った。鄙《ひな》にはまれな愛らしい娘だった。これなら迷う男が居ても不思議ではない。

「そなたを襲った者らがおるのであろう。そなたが悪いのではないぞ」

そこまで優しく声をかけても娘はぴくりともしなかった。どうやら本当に寝ているらしい。忠道は困惑した。揺り動かしてもおなじだ。娘は大きな寝息を立てている。

「我らも今日はこの里に泊まる。おなじ小屋に娘を移せ。ここに置けば目が届かぬ」

忠道は老人に命じた。忠道の目はそれから娘の愛らしい唇に移った。

検分はそれから一刻《いっとき》以上もかかった。忠道たちは井戸水を使って手足を洗った。それでも髪に染み込んだ血腥《ちなまぐさ》さまでは取れない。

「炭焼き小屋の方はいかがいたします？」

清貫は自分らのために用意された小屋で衣を纏《まと》いながら忠道に質《ただ》した。まだ夕方には間があるが、雨雲を孕《はら》んだ空はごろごろと鳴っている。降ってくるのは確かであろう。

「明日にしよう。死骸《しがい》を里に下ろしてくれていて助かったな。でなければ山中の炭焼き小屋で死骸とともに一夜を明かさねばならぬところだった」

「まこと。思うだに寒気がいたしまする」

明日と聞いて清貫は笑みを浮かべた。兵らも安堵《あんど》の顔をする。山に入れば三刻やそこらはどうしてもかかる。

「問題はこの娘だ」

忠道は小屋の隅の莚に寝ている娘を見やった。むくつけき男が六人も傍らで着替えしていると言うのに、ひたすら眠りこけている。

「一度も起きなんだか？」

忠道は側で見守っている老婆に訊《たず》ねた。老婆は困った顔で頷いた。

「寝ているふりをしておるなら小水が我慢できなくなる。どうやら本当らしい」

忠道の言葉に清貫は感心して頷いた。

「あとは我らで見張る」

「それでは飯と酒の支度でも」

老婆は忠道に言って小屋を出て行った。

「娘が目覚めるのを待つしかありませぬな。これでは宇陀へ連れ帰ることも……」

「高市《たかいち》の国府にだれか走らせて医師を頼むか。外からは見えぬが頭でも打っているのやも」

忠道は娘の近くに腰を下ろすと、

「夜になる。二人で行くようにしろ。握り飯を作って貰《もら》えばよかろう」

清貫に命じた。そうなると兵は二人に減ってしまうが、野盗などの仕業でないと分かったからには不安もない。清貫は年少の兵二人を選んで向かわせることにした。

「それと、女を二人ここへ呼んで参れ」

忠道は握り飯を頼みに小屋を出掛かった清貫に言った。

「娘の体を調べる。女の立ち会いが要る」

承知、と清貫は頷いた。

やがて清貫は二人の年配の女を従えて戻った。一人は村の長《おさ》の女房だと言う。

「これも役目だ。娘を裸にしてくれ」

女二人は直ぐに取り掛かった。薄い衣一枚を纏っているに過ぎない。細い帯を解くと娘の真っ白な裸身が現われた。忠道は娘の動きに目を注いでいた。嘘の眠りであれば必ずどこかに緊張が出る。しかし、娘はぐったりとしたままだった。無防備に脚を開いている。

「さしたる傷は見られぬな」

乱暴に扱われたとすれば痣《あざ》や掻《か》き傷があると見ていた忠道は首を傾げた。尻《しり》や内股《うちまた》にも異状は認められない。兵らもまじまじと娘の美しい裸を眺めている。十四と言えばもはや大人だ。毛もふっくらと盛り上がっている。

「済まぬが、女陰の中に指を入れてくれ」

忠道は長の女房に頼んだ。

「なにをどう調べますので?」

長の女房は忠道を睨《にら》み付けた。

「男とまぐあったかどうか知りたいのだ」

「わたしらでは分かりませぬ」

「なれば俺がやる」

忠道は屈《かが》むと娘の脚を少し押し広げて二本の指を女陰に差し込んだ。乾いていてなかなか入らない。忠道は指を唾《つば》で濡《ぬ》らしてふたたび試みた。ゆっくりと穴を探ってから押し込む。今度は中程までさほどの抵抗もなく入った。中は湿っている。指に痙攣《けいれん》が伝わった。忠道は娘の顔を見た。変化はない。体ばかりの反応と見える。忠道は指を奥深くまで入れて掻き回してから静かに抜いた。その指の匂いを嗅《か》ぐ。やはり男の淫水《いんすい》の匂いがした。忠道は一人頷《うなず》いた。

3

「お若いのにいろいろとご存じでおられる」

娘の調べを終えて女二人が立ち去ると清貫は本心から忠道に言った。忠道は宇陀の郡衛に赴任して間もないので才がどれほどのものか清貫には分からなかったのである。女陰の匂いを嗅いで男とのまぐあいの有無を突き止めるなど咄嗟《とっさ》には思い付かないことだ。立場は清貫よりも上だが、内心では二十三の若造の手並みを見てやろうとどこかで思っていた。それが今では恥ずかしい。この若さで内裏から主帳として派遣されただけのことはある。

「ただ、不思議なのは娘に一つの傷も見られぬことだ。秘処の狭さから思うに処女に近い体であったはず。そういう娘なら簡単に男を受け入れまい。好きな相手であるなら別だが、とてもそうとは思えぬな」

忠道の言葉に清貫も同意した。まらを突き立てて死んでいた男は世辞にも十四の娘が惚《ほ》れるような顔ではなかった。それに、もう一人もまらを切り落とされて死んでいる。

「なにしろ五人は多い。二日や三日で片付かぬ問題かも知れんぞ」

忠道は吐息した。肝心の娘が意識を失ったままでは先が進まない。

「鬼が飛び込んで参ったと娘が言うたとか」

「それゆえ男らに襲われたと見たのだが……」

忠道は眉《まゆ》を曇らせた。

「引き千切られたとしか思えぬ首をどう見るか……またまた分からなくなった。鬼の仕業として届けるのはたやすかろうが、加茂の家系に連なる俺が居ながら、その証しもなしに迂闊《うかつ》に口にはできぬ」

「鬼はまことに居ると言われましたぞ」

「居るからこそ言うておる。なにごとも鬼の仕業としては国が乱れよう」

「さようなもので？」

「鬼は政から外れたものだ。その跳梁《ちょうりょう》をたやすく認めれば政の根本が揺らぐ」

「では、なんで陰陽寮《おんみょうりょう》を設けておりまする」

「昔はいざ知らず、今の陰陽寮は主に天変地異を見るもの。鬼をまともには相手にいたしておるまい。むしろ、鬼などこの世におらぬと明言するお人も増えた。天文博士が陰陽寮の頭となっているのでも知れよう。加茂もそれで衰えた。証しもなしに口にできぬわけはそれもある。加茂の復権を狙ってのことと勘繰られては詰まらぬ。俺は鬼を信じているが、それを相手にして出世する気はない。俺自身の力で加茂の名を上げるつもりだ」

「潔いお心に存じます」

清貫は大きく頷いた。

「弟の忠行は鬼退治を使命としているが……今の世ではむずかしかろう。よほどのことでもない限り内裏は鬼を認めぬ。認めぬものを封じても手柄とはならぬ理屈」

「どこで修行をなされておいでで？」

「加茂と縁の近い葛城《かつらぎ》山だ。加茂は鬼を操ったとされる役《えん》の行者《ぎょうじゃ》の血筋。行者も葛城山で術を会得したと伝えられている」

「頼もしそうな弟御で」

「鬼の仕業と疑いが増したときは忠行を呼びたいものだが、そうもいくまいな。まだ内裏とは無縁の身。と言うて……今の陰陽寮に鬼を退治できるお人が居るものかどうか」

「忠道さまは少しもその術を？」

「さほど学んではおらぬ。早いうちから弟がその道を選んだゆえ譲った。父はいっさい俺をその道から遠ざけた。迷いのある者がその道に踏み込むのは許されぬ。命を失うことに繋《つな》がる」

「鬼が敵ではさもありましょう」

清貫と兵らは唸《うな》った。内裏は認めていなくても民らは鬼の存在を信じている。隠れ陰陽師と呼ばれる術者がたくさん居る時代だ。

「聞いたか？」

忠道は唇に指を立てて皆を静めた。娘の口から吐息が洩《も》れたのである。忠道は娘の様子を確かめた。指が微《かす》かに動いている。意識が戻りつつあるらしい。

忠道たちは無言で娘を見守った。細かな汗がびっしりと噴き出ている娘の白い胸の辺りが大きく波打っている。呼吸が乱れはじめたということは意識が戻りつつある証《あか》しだ。

「村の長を呼んで参れ」

忠道は一人の兵に命じた。兵が慌てて小屋から飛び出して行く。

娘の口から唸りが発せられた。瞼《まぶた》がぴくぴくと動いている。必死で起きようとしている。

「心配ない。怖いことはないぞ」

忠道は娘の痩《や》せた肩に触れて揺すった。いきなり両目を開けた娘は悲鳴を上げて半身を起こした。見知らぬ男らに囲まれていると分かってさらに怯《おび》える。声にならない唸りを続けるだけだった。

「安心いたせ。我らは郡衛の者。異変の知らせを受けて宇陀から駆け付けた」

忠道は娘を見据えて繰り返した。

「そなたは一日以上も眠りこけていたのだ。村の長も直ぐにここへ参る。もう大丈夫だ」

それでも娘は震えて隅にじわじわと逃れる。

「おお、気が付いたか」

長が入って来た。娘はわっと泣き伏した。

「我らの姿を見て驚いたらしい」

忠道は苦笑して長を脇に座らせた。

「口が利けるか？」

忠道に娘はこっくりと頷いた。まだ愛らしさの方が勝っている娘だ。

「動けるなら水を使って汗を流して参れ。まずは我らも安堵《あんど》した。どこも痛くはないか」

娘は少し考えて小さく首を横に振った。

「名は？」

「ゆき」

「ゆきか。怖い目に遭ったな。よくぞ堪えた」

忠道は微笑んで娘を外へ促した。娘はよろよろと立ち上がった。腰がふらついている。

「腹も減っていよう。食えるようなら飯を与えてからまたここへ連れて来てくれ」

娘を支えた長に忠道は言った。

「これで様子が知れまする」

二人を見送って清貫は吐息すると、

「あの娘の仕業とはとても思えませぬな」

それに二人の兵も同意した。

「しかし……鬼であれば娘一人だけを見逃しはすまい。鬼はことに娘を狙う」

「そうなので？」

「なぜかは知らぬがの。心の弱き者を選んで襲うようだ。それゆえ幻と片付けられやすい。怯えが人一倍強ければあらぬ幻も見よう。我が父のところに相談に来る者もたいがいがそうであった。屈強な男どもが五人も殺されて娘一人が無事など考えられぬこと。鬼の仕業か首を捻《ひね》っているのはそこにある。鬼に情けはない。人とは異なる」

「手前とて鬼の仕業でない方が嬉《うれ》しゅうござりまするが……あの娘が関わっているとはどうしても」

「油断は禁物と言うただけだ」

忠道は清貫を制して横になった。早朝から歩き詰めの上にこの大事件の検分である。体がくたくたに疲れている。このままなにもかも忘れて眠りたくなる。

目を瞑《つぶ》ったと思った途端に忠道は娘の戻った気配を感じて瞼を開けた。一瞬のうちに小屋が薄暗くなっている。

「寝ていたか？」

忠道は傍らの清貫に質《ただ》した。笑って清貫は頷いた。娘と長《おさ》が目の前に控えている。

「だいぶお疲れのご様子。無理もありませぬ」

「飯は食えたか？」

忠道は照れ臭さを隠して長に訊《たず》ねた。

「湯漬けを少々。気を取り戻しました」

「顔にも赤みが差している。話せるか？」

娘はびくびくしながらも顎《あご》を引いた。

「鬼が飛び込んで来たと申したそうだが、それは死んだ男どものことでないのか？」

「違う！　鬼が屋根からあたしを覗いて」

娘は泣きそうな顔で訴えた。

高ぶっている娘を鎮めながら忠道は質問を重ねた。なにが起きたのか娘もよく分かっていならしく、その返答だけでは忠道も状況をしかととらえることができない。だが怯えばかりは伝わってきた。忠道は娘を長に預けてひとまず訊問《じんもん》を終えた。逃げられる心配はないと判断してのことである。

「いかが思われました？」

二人が退出すると清貫が膝《ひざ》を進めた。

「明日、炭焼き小屋を調べれば分かる。屋根を破って鬼が来たと言うなら穴が開いている」

「鬼は真っ先に娘を襲ったと申しておりましたが……男らも狭い小屋の中に居て、なにも気付かず酒を食らっていたとか。あの娘の話はさっぱり……男どもにいたぶられたことも覚えておらぬ様子」

「それは口にしたくなかったのだろう。俺が体を調べたとは知るまい。それを隠しているゆえに話が乱れる。いずれにしろ宇陀に連れて戻るしかあるまい。日にちが経てば娘の気も静まる。あの恐れは尋常ではない。なにかを見たというのは嘘でなさそうだ」

「目を覚ましたら男どもが死んでいたという話も……考えられまするか？　よほどの騒ぎであったはず。第一、恐ろしくなって直ぐに小屋を飛び出たのであれば娘の衣が血に染まるわけもなし。娘の目は虚《うつ》ろにござった。口からでまかせを並べ立てているとしか……」

「鬼に襲われて恐ろしさのあまり気を失っていたとも考えられよう。鬼の方もそれで娘が死んだと見たのかも知れん。だから運良く助かった。血については狭い小屋の中のこと、どこに居たとて血が飛んで来る」

「鬼の仕業であろうと？」

「学んでおらなんだことが今になって悔やまれるな」

「は？」

「鬼に殺された死骸《しがい》かどうか見定める方法があると聞いたことがある。俺がそれを承知であったなら……加茂の血に連なる身でありながら情けない」

「では死骸を都まで運べば陰陽寮のお人らも直ぐに見抜くのではござらぬか？」

「かも知れんが、この暑さの中だぞ。都は遠い。腐ってしまおう」

見てくれるという保証もない。

「そのために書生が配置されているではないか。諸国の死骸をいちいち検分はできぬ。悪しき前例を作ることにもなる。郡衛で始末できぬかと叱られるだけだ」

「あの有様を見ればだれじゃとて肝を潰《つぶ》しましょう。生まれてはじめて見ました」

「だからそれを正しく記録せよ。そして内裏の判断を仰ぐしかない」

忠道は清貫を遮って寝床の支度をさせた。三日月が中天に架かっている。まだ眠りに着く刻限には早いが明日は山歩きが待っている。

しかし――

やはり眠れなかった。わずかの間でもうたたねしたのが祟《たた》って奇妙に目が冴《さ》えている。

清貫と兵らの高鼾《たかいびき》が耳について仕方ない。

〈確か……舌ではなかったか?〉

嘘をついた罰ではなく、鬼は舌を好むゆえに抜くのだと聞いたような覚えがある。幼い頃のことなので忠道にも自信がない。それでも舌以外に思い付かない。しばらく悶々《もんもん》としていた忠道だったが、意を決して莚《むしろ》の床を抜け出た。気に懸かった以上は確かめるのが一番だ。忠道は清貫らを起こさぬようにして外に出た。死骸の置かれている小屋は煌々《こうこう》とした月明りに照らされていた。あれなら灯《あか》りがなくとも舌のあるなしは簡単に見分けられる。

〈ん?〉

忠道は耳をそばだてた。ひそひそとした女の泣き声がどこからか聞こえる。声を頼りに忠道は捜した。どうやら死骸の置かれている小屋の中のようだと分かって忠道は青ざめた。女が一人で近付ける場所ではない。

「だれかおるのか?」

小屋の戸口で忠道は声をかけた。泣き声がぴたりと止んだ。忠道は青白い小屋に足を踏み入れた。目はすでに暗闇に慣れている。

「やはりそなたか」

死骸の側に屈《かが》み込んでいる娘を見やって忠道は吐息した。この中には娘の祖父の死骸もある。身内でなければ耐えられないはずだ。

「おまえもこっそり抜けて来たのか？」

娘は忠道と分かって小さく頷《うなず》いた。

「早う戻れ。逃げたと思われて騒ぎになる」

「今夜はじっちゃんの側に……明日は埋めると皆が言っていた」

「それを決めるのは俺だ」

忠道は娘のとなりに腰を下ろした。狭い小屋は死骸で溢《あふ》れているので娘の座った藁束《わらたば》の上しか休む場所はない。

「辛《つら》いことを訊《き》いていいか？」

娘の落ち着きを見て忠道は質した。

「この中におまえが好きだった男が居たのではないのか？」

娘は即座に首を横に振った。

「では……好きでもない男に襲われたのか」

娘はぎょっとして忠道を見返した。

「ひどいやつらだな。鬼と変わらぬ」

娘は嗚咽《おえつ》を洩《も》らしはじめた。堪《たま》らずに忠道の胸に顔を埋める。忠道は娘の背中を撫《な》でた。

「小屋に居た者は本当にこれだけか？」

娘の背中から動揺が伝わった。

「まだ他に居たのだな？」

娘は激しく体で否定した。忠道にきつく取りすがってくる。忠道には真相が分かった気がした。娘はだれかを庇《かば》っているのである。その者がこの男どもを殺して逃げたに違いない。遠くへ逃がすために鬼の話をでっち上げたと見ればすべてに辻褄《つじつま》が合う。だれも他に見ていない山の中のことだから何人の樵《きこり》が小屋を訪ねたかも分からない。

「お願い、そのことはもう」

娘は懇願の声で忠道に体を預けてきた。大人と変わらぬ胸の膨らみが、押し戻そうとした忠道の掌《てのひら》に触れた。娘の顔も間近にある。娘は忠道の首に両腕を回した。甘い唇を無理に重ねてくる。忠道は困惑した。下手人を見逃してくれという意味なのだろう。制するつもりで開けた口に娘の温かな舌が押し込まれた。舌が蠢《うごめ》いて忠道に絡み付く。抗《あらが》えなかった。忠道の男根が勃起《ぼっき》した。体の反応の方が早い。娘もそれを察して襟元を広げた。ぷるんと若い娘の乳が現われた。忠道の掌を一つに導く。十四の娘とは思えぬ仕種《しぐさ》だ。忠道は唇を重ねたまま娘を藁束の上に押し倒した。娘は嬉《うれ》しそうに脚を広げて忠道の腰を挟んだ。忠道は目を開けて娘を見やった。娘は歓喜の顔をしている。その娘の腕が忙しなく忠道の腰の紐《ひも》を解いている。娘は薄い衣一枚しか身に纏《まと》っていない。忠道は胸から腹へと掌を這《は》わせた。もどかしそうに娘が自分で衣から腕を抜いた。月明かりに娘の白い裸が眩《まぶ》しい。

「いいのか？　知らぬぞ」

忠道の言葉を塞《ふさ》ぐように娘がまた唇を求める。忠道の心はこれで完全に乱れた。忠道の指は娘の秘処を捜した。娘はすっかり整っていた。蜜《みつ》が溢れている。指を自ら迎えて腰をくねらせる。忠道は指の隙間から溢れる蜜を零《こぼ》さぬよう掌で秘処を覆った。掌にふっくらと膨らんだ秘処の形がはっきりと伝わる。掌が直ぐに蜜に濡《ぬ》れて熱くなった。とめどない。忠道は指を二本にして奥までまさぐった。親指の腹は娘の花芯《かしん》を捜し当てた。そっとくすぐっただけで娘は呻《うめ》きを発した。娘も忠道の男根に腕を伸ばした。優しく握っては長さを計るように動かす。娘の細い指の感触が忠道を恍惚《こうこつ》に誘った。まるで都の遊び女と変わらない。もはや我慢がならない。死骸の転がっている小屋であることも忘れて忠道は娘の両脚を大きく広げた。忠道の男根はなんの抗いもなく娘の秘処に収まった。

忠道は溺《おぼ》れた。秘処にくわえこまれた男根が悦楽に痙攣《けいれん》している。腰を抱え込んだ娘の両脚がさらに強く男根を深みに誘う。互いの毛が擦れ合って火を噴くように感じられる。娘は脚の力を緩めた。忠道は突いて突いて突きまくった。娘の喘《あえ》ぎが忠道を夢中にさせる。忠道は娘の尻《しり》を両手で持ち上げると浮かせた。娘は身を横に捩《ひね》った。どろどろの蜜のせいで甘くなっていた秘処の締め付けがきつくなる。

「おお！　気が変になりそうだ」

忠道は相手が十四の娘であるのも忘れて乱暴に扱った。左腕を伸ばして胸の膨らみを思い切り摑《つか》む。娘は背中を浮かせて身悶《みもだ》えした。もがいて忠道に背中を見せる。娘の体が男根を軸にして軽々と反転した。互いの汗で体が滑りやすくなっている。忠道は一度抜き取るとふたたび突き立てた。娘が激しく呻いた。慌てて忠道は指で男根を探った。これまでとは違う狭さだ。忠道の男根は娘の別の穴を貫いていたのである。

「いいの」

うっとりとした顔で娘は忠道の腰に手を当てて引き寄せた。自分も尻を動かす。忠道を羞恥《しゅうち》が襲った。稚児を相手にしている気分になる。同時に忠道は幼い頃に修行に行かされた葛城山で僧の一人に襲われたことを思い出していた。あの恥辱が甦《よみがえ》る。今こそその恥辱を消し去るときだ。忠道はまじまじと娘の尻を眺めた。溢れた蜜が背中まで濡らしていて月明かりに照らされている。

「痛くはないか？」

娘は髪を振り乱して喜びの声を上げた。

「悪いようにはせぬ。宇陀で俺と暮らそう。もはや放しはせぬぞ。他の男は忘れろ」

忠道は背中の蜜を舐《な》めた。その舌の動きに娘が反応する。男根がそのたびにびくびくと締められる。忠道の心臓が速まった。死にそうなほどの心地好さだ。忠道とて遊び女まで加えれば二十人近くの女の体を知っている。しかし今夜ほど体の芯まで震えるような快楽を得たことはなかった。直ぐ側に五人の死骸が転がっている。その恐れが互いをまぐあいに熱中させているのに違いない。汗と娘の蜜の匂いが血のそれを上回っている。

「もっと、もっと」

娘は忠道の手をとって前から秘処に導いた。忠道は花芯を指でいたぶった。娘の息遣いも荒くなる。呻きさえ上げられないようだ。

「もういかぬ」

忠道は必死で堪えた。が制しきれない。忠道はどくどくどくと娘の中に放った。秘処にと思っていたが間に合わなかった。忠道は娘をしっかりと両腕で抱えて藁束の上にそのまま倒れ込んだ。忠道と娘は繋がったままだった。放っても娘の尻は忠道の男根をきつく締め付けている。忠道の痙攣はいつまでも続いた。娘はそれに合わせてまた腰を使いはじめた。縮まる間もなく忠道の男根に血が集まっていく。娘もそれを感じて大きく動かす。重なった姿勢で忠道は娘の唇を求めた。娘も体を反らせて唇を寄せてくる。

「おまえにこれを教えた男が憎らしい」

口を吸いながら忠道は言った。

「おまえのような者は都にもおるまい」

「都に行きたい。もっと男が欲しい」

娘はうっとりとした顔で口にした。

「この俺が放さぬ。放すものか」

忠道は根本まで差し入れた。

その瞬間――

信じられぬ劇痛が忠道を襲った。千切られるくらいに根本を挟まれたのである。忠道は慌てて引き抜こうとした。が、抜けない。

「ど、どうした！」

平気な顔で笑っている娘に忠道は喚《わめ》いた。

「力を緩めてくれ。死にそうだ」

「あたしは都に行きたいの」

娘は笑い続けた。忠道から見る見る血の気が失せた。娘は藁の下から鎌を引き出した。

激しい叫びに清貫は慌てて飛び起きた。となりに寝ていたはずの忠道の姿が見えない。二人の兵も半身を起こした。

「忠道さまがおられぬ」

身繕いを正して清貫は外に飛び出た。叫びは死骸《しがい》を置いてある小屋から聞こえたような気がする。村人の何人かが不安そうな顔をして小屋を囲んでいた。その中にも忠道の姿は見当たらない。清貫は嫌な予感に襲われた。

「なにがあった!」

清貫が駆け寄ると村人らは怯《おび》えた様子で小屋に顔を向けた。なにやら呻きがする。兵らも刀を手にして清貫の脇に立った。

「踏み込め。だれか中におる」

「忠道さまはいずこに?」

兵らは明らかに尻込《しりご》みしていた。

「だからこそ踏み込めと言うのじゃ。忠道さまであればきっと返事をなされる。なにか異変が起きたとしか思えぬ」

清貫は二人を怒鳴りつけた。

そのとき、小屋の背後を蹴破《けやぶ》るような音が響いた。皆は小屋から離れた。足音が遠ざかる。どうやら人間らしいと分かって兵らは力を得た。裏に回り込んで逃れた者の後を追う。

「待て！　どこに行く」

兵らの叫びが伝わった。裏山の方角に消えたらしい。村人たちも勇んで追いかけた。

〈なにがあった？〉

清貫は首を傾げていた。鬼ではないかと一瞬想像したが、鬼なれば簡単には逃れぬはずである。やはり人としか思えない。この真夜中にだれが死骸の転がっている小屋に足を踏み入れたものか。それを思うと寒気がする。

「灯《あか》りを持って参れ」

清貫は側の村人に命じた。逃げた者が小屋の中でなにをしていたのか気になる。

「忠道さまは長《おさ》のところではないのか？」

「参ってはおられませぬ」

長が灯りを掲げて現われた。

「とにかく俺が見てこよう」

兵らが居なくなったので清貫が様子を見るしかなくなった。清貫は長から灯りを受け取って怖々《こわごわ》と中を覗《のぞ》いた。中はしんと静まりかえっている。清貫は息を吐いた。死骸を覆っている莚《むしろ》もそのままだ。清貫は内心で苦笑した。鬼が死骸を食いに来たのではないかと考えたのだが、それならそもそも炭焼き小屋に死骸を残しはしない。だが……悲鳴が聞こえたのは確かである。あの悲鳴はだれのものだったのか？　逃げた者の声であるなら、なにを見て驚いたのか？　清貫は灯りを適当な棚に置いて莚を捲《めく》った。検分で慣れたはずなのに、やはり不気味さは変わらない。首のない死骸や腹を切り裂かれた死骸が清貫に迫って来る。揺らめいている灯りのせいだ。

三枚目の莚を捲って清貫は己れの目を疑った。首のない死骸は女のものだった。慌てて清貫は死骸を数えた。死骸は六つ。有り得ない。女の死骸が一つ増えている。清貫は女の死骸に掌を当てた。まだ死骸は温かかった。さっきの悲鳴はこの女のものだったのだろうか。後じさった清貫の足がなにかを踏んだ。清貫は勢い良く血溜《ちだ》まりに転がった。思わず不覚の叫びが上がる。清貫の肩の辺りになにやら大きなものが転がっていた。清貫は目を凝らした。女の首であった。

「こ、これは！」

叫びを聞き付けて長たちが飛び込んで来た。

「娘だ。あの娘が殺されておる！」

清貫は血溜まりに滑りながら這《は》うように小屋を抜け出た。長たちも逃げる。

「村の者らを叩《たた》き起こせ！　鬼の仕業に違いない。忠道さまのお命とて……」

清貫は小屋の戸口で吐き散らした。死骸を間近にしたことより、恐れからであった。

「篝火《かがりび》を焚《た》け！　鬼が近くにおるぞ」

村人らは我先に己れの小屋に散った。清貫は一人取り残されて震えていた。

4

それから十日後。

宇陀の郡衙で書き物に追われていた清貫を訪ねて都からの客があった。清貫は首を傾げた。この近辺の出である清貫に都の知人は少ない。それが忠道の身内と知らされて清貫は暗い顔となった。十日前の出来事がまだ清貫には信じられないでいる。確かなことは八人という死骸の数だけで、なにが起きたのかよく分からないのだ。会って話したところで満足な返答ができぬであろう。しかし、わざわざ都から足を運んだ者を無下にはできない。

「郡衛の中では差し障りがある。都からでは宇陀にお泊まりであろう。この仕事を済ませたらその宿に俺が参る。そう言うてくれ」

忠道のことは郡衛のだれもが口にしたがらない。清貫に頷《うなず》いて立ち去った若者だったが、直ぐに戻って来た。

「これから高井の里に向かうじゃと！　真夜中になってしまおうに」

清貫は呆《あき》れた。都の者はこれだから困る。なにも知らずに出て来たらしい。

「そもそも、いまさら高井の里に出掛けてなんとする。郡衛の報告を信用しておらぬようじゃな。迷惑なことを……仕方ない。郡衛の前の飯屋でお待ち願え。俺はまだ手が離せぬ」

清貫は苛々《いらいら》と筆を置いた。忠道の身内と知ってから筆がだいぶ乱れている。

「高井は無理であると教えてやれ。今夜は宇陀に泊まるしかない」

清貫は退出する若者に声を荒らげた。

若者が消えると清貫は溜《た》め息を吐いた。上司に相談せねばならぬのだろうか？　内裏の正式な通達があるまで高井の里の一件は滅多に他言できぬことになっている。だが、身内であれば教えぬわけにはいかない。それにしてもなぜ自分なのだろう？　郡司にひとまず挨拶《あいさつ》をするのが通例というものだ。なのに相手は自分を名指しで訪ねて来ている。一件の報告を提出したのは自分だが、もしかするとそれを目にしているのかも知れない。

考えていても苛立《いらだ》ちがつのるばかりだ。

清貫は筆や硯《すずり》を片付けて立ち上がった。

上司の部屋に行きかけた清貫だったが、踵《きびす》を返して表に向かう。まずは話を聞いてからでも判断できる。忠道のことで上司たちは神経を尖《とが》らせていた。きっと騒ぎになろう。

「飯屋で待っておられるか？」

案内して来たらしい若者と郡衛の門のところで出会った。若者は頷いた。

「身内と申したが忠道さまとはどういう？」

動転のせいで迂闊《うかつ》にも聞き忘れていた。

「弟御さまであるとか。お若うござる」

「名は聞いたか？」

「加茂忠行さまと申されます」

なるほど、と清貫は大きく頷いた。その名は忠道が繰り返し口にしていたものである。

「ご存じで？」

「名ばかりはな。たいそう頼りになされていた。まだ二十歳やそこらとか」

清貫の心はわずかだが弾んでいた。

「内裏に出仕はしておらぬ。加茂の血筋を受けて修行の身であるそうな」

「修行とは？　僧のようには見えませぬが」

「鬼退治だ。陰陽師《おんみようじ》の修行よ」

　そういう人間であるなら夜の旅も怖くはないのかも知れない。険しい葛城山に籠《こも》って荒行を積んでいるとも聞いている。

「すると……鬼の噂を耳にして」

「だろうな。その弟御であれば頷ける。身内のことだ。放っては置かれまい」


　清貫は若者と別れて飯屋に急いだ。荷運びの者らが休む粗末な店だ。まだ陽は高いので客は忠行と思われる若者の他に二人しか居なかった。清貫と察して忠行は頭を下げた。

　忠道とは似ていない。修行で浅黒い肌をしている。鋭い目をした若者だった。清貫は威圧を覚えた。背が清貫より頭一つ高い。いかにも頼りにできそうな力強さである。

「渡辺清貫にござる」

　清貫は丁寧に頭を下げた。自分は三十二。相手は一回りも年下だが、内裏から階位を授かっている加茂の一族となればそれが礼儀というものである。たとえ今は無官であったとしても、いずれは内裏に出仕する身だ。

「ここでお話できますか？」

名乗ったあと忠行は辺りに目を動かした。郡衛にとってまずい話であるのを承知しているらしい。清貫は頷いて外へ誘った。郡衛の傍らに小さな神社を建立してある。あの境内の中なら心配がない。

「葛城山に籠られておると聞いてござったが」

「兄がそれを？」

意外な顔で忠行は返した。

「頼もしきお人であるのも耳にしてござる。加茂のご一族はもともとそういう血筋とか」

「やはりいい人をお訪ねしました。そこまでご存じとあればこちらも気楽になります」

屈託のない笑いを忠行は見せた。鋭い目をしているだけに、それが細まると別の印象となる。清貫も笑いを浮かべた。

二人は神社の境内に入ると本殿の階段に腰掛けて肩を並べた。

「手前には……なにがなんだか。肝心の忠道さまが姿をお消し召されたので子細がまるで分からぬようになり申した」

訊《き》かれる前に清貫は口を開いた。

「ご遺骸がどこにも見当たらぬからには忠道さまへのお疑いが晴れ申さぬ。直前までご一緒してござったが、いかにも忠道さまが高井から逃れられる理由など一つも……疑われるのも無理からぬことと存ずる」

「意味もなく兄が娘を殺し、追いかけて来た兵二人を殺《あや》めて逃れたと言われるか？」

忠行はじろりと清貫を睨《にら》み付けた。

「それが……こっそりと忠道さまが小屋に潜り込んだのを見ていた者がござる。しばらくして娘のよがり声らしきものも聞いたとか」

辛《つら》そうに清貫は打ち明けた。そこまでは報告していない。

「まさしく小屋で殺されていたのはその娘。手前も信じたくはござらぬが、忠道さまのなされたこととしか思えぬ次第にござった」

「兄が見知らぬ娘とまぐあうなど……」

有り得ぬ、と忠行は首を横に振った。

「それにその娘は五人が殺された場に居合わせていた者。兄とて心得ておりましょう」

「それはその通りにござる」

「そもそも、その娘がなにゆえ小屋におったものか。長《おさ》の家に預けられていたはず」

「手前も不思議でなりませなんだ。長らの目を盗んで抜け出たものと思われます」

「兄は豪胆な者にあらず。不審と見れば必ず人を呼びましょう。それを思えばあらかじめ娘と約束を交わしていたとしか」

「それは断じてござらぬ。忠道さまのお側に手前が常についており申した。ましてや娘はずっと気を失っていたのでござるぞ」

「ますます奇妙。だとすれば小屋に隠れていた娘の方が怪しまれぬよう兄を誘ったのかも」

うーむ、と清貫は唸《うな》った。

「身贔屓《みびいき》で口にするのでは……よほどのことでもない限り、あの兄が疑わしき女と寝るなど考えられませぬ。加茂の名を高めんとして頑張っておられた。それが伝われば出世の妨げとなりましょう。女など銭で始末するものと常日頃口にしていた兄にござる」

「確かに。そのようなお人にはありますまい」

清貫は何度も頷いた。

「本当にまぐあったとしたなら、恐らくは娘の甘言に騙《だま》されてのこと。ただし……そうなればいくらでも言い訳ができますする。なにゆえ殺さねばならぬのか。どうにも考えあぐねて宇陀を訪ねる決心を。もしや鬼の仕業でもあればと案じてござる」

忠行の鋭い目には不安も浮かんでいた。

「鬼がいきなり飛び込んで参ったと娘は確かに口にしましたがの……それは山の炭焼き小

屋の話。高井の里ではだれも不審なものを見掛けてはおりませぬぞ。いかにも娘の首が転がっておるのを見付けたときは鬼の仕業に相違ないと思い申したが……」

それは小屋から逃れた者が忠道と知らなかったからである。いや、後を追いかけた二人の兵が山中で殺されてしまったので真実はまだ分からない。それでも忠道が今もって姿を見せないところを思えば、そう考えるのが妥当であろう。兵らは娘と同様に鎌のようなもので首を斬り落とされていた。逃げたのが忠道であるなら鬼と無縁のことになる。

「事実まで曲げるつもりはござりませぬ」

忠行は真顔で続けた。

「兄の仕業という推測は恐らく間違っておりますまい。私の知りたいのは、なにゆえ兄が関わりの薄い娘を殺め、しかも兵二人を手にかけて逃れたかということ。とても尋常とは思えませぬ。そこに鬼が関わっておるのではないかと疑ってござる」

「鬼は人を操り申すか？」

「鬼は鬼《き》。それは人の心の気とおなじもの。気を操るゆえに鬼と呼ばれ申す。姿を見せる鬼は下等のもの。強い鬼ほど滅多に姿は見せませぬ。それゆえ鬼の見極めは厄介」

「なるほど、鬼は鬼《き》。人の気のう」

清貫は得心して繰り返した。

「耳にしてはおらぬようにござるが……」

忠行は清貫を見詰めた。

「なんの話で?」

「そちらのしたためられた報告には志摩のことが一文字も見当たりませなんだな」

「志摩と申されると?」

「高井のことからおよそ半月前の出来事。志摩の賢島という静かな浜で一人の娘が八人の男を殺したとか」

「八人!」

清貫は絶句した。偶然ではあろうが高井でも八人が死んでいる。

「下手人である娘は都へ引き立てられる道筋で役人の目を盗み自害して果てたそうな。ことの詳細はそれでなにもかも分からなくなってしまい申したが、そこに今度の重なり。手前は無縁とは見ておりませぬ」

「なにやら寒気がして参りましたぞな」

清貫はぞくっと肩を縮めて腰を下ろしている本殿の中を振り向いた。

「本来は内裏の陰陽寮の務めと心得まするが、賢島で殺されたのは漁師ばかり」

「漁師では捨て置かれると?」

「かも知れません。陰陽寮のお人らが志摩に出向いたという話は聞き申さぬ」

「ではなんのための陰陽寮にござるか」

清貫は憤慨した。

「お帝《みかど》の、あるいは都のための陰陽寮」

「しかし、手前ごときにも奇妙と感じられますぞ。半月の間にそれほどの数が殺されるなど考えられますまいに。高井のことでも内裏はまだなに一つ言っては参らぬ。手前はてっきり内裏より派遣させられた忠道さまが関わっておられることゆえ慎重に見ておられるものと……内裏でも気付かぬわけがありますまい。なにを考えてのことやら」

「兵はともかくとして、いずれも漁師と山仕事の者ら。しばらくは様子を見ておるのでございましょう」

「だとすれば由々しきこと。民らのことはどうでもいいと見ておるのでござろう」

「高井に同道して貰《もら》えませぬか？」

忠行は頼み込んだ。

「手前は無官。なんの権限もございませぬ。それでは墓を暴くこともむずかしい」

「墓を暴いてどうなさる？」

あっさりと口にした忠行に清貫はたじろぎながら問い質《ただ》した。

5

翌日の早朝。

一晩を世話になった上に忠行は清貫の案内で高井の里を目指した。どうせ郡衛の許しなど得られぬと見て清貫は病いの届けを出して同行してくれたのである。

「ご迷惑にはなりませぬか?」

忠行は恐縮していた。忠行から頼んだことではあるが、無断となれば心苦しい。

「あの忠道さま……どう考えてもあのような真似をなさるお人ではござらぬ。それに志摩のことを思えば捨て置けますまい。内裏が民のことなどどうでもいいと思うておるなら郡衛勤めになんの未練もござらぬよ。幸いに手前も一人暮らしで気儘《きまま》な身」

清貫は屈託のない笑いを見せて、

「ご立派なお人にあられた。こちらに赴任召されてまだ三月やそこら。親しくお話を伺ったのは高井に同行したときぐらいにござったが、頭がよくお働きであった。さぞかしご出世なされるお人であろうと……真実を突き止めねば手前も落ち着きませぬ」

「嬉《うれ》しい言葉にござる」

忠行は頭を下げた。

「墓を暴いて本当になにか知れますかの？」

清貫はまだそれについては疑っていた。

「少なくとも鬼の仕業かそうでないかは」

「死骸《しがい》は口を利きますまい」

「人の魂魄《こんぱく》は短くとも七日は死骸の側から離れぬもの。その魂魄の様子で知れ申す」

「七日はとっくに過ぎましたぞ」

「それゆえ急いで駆け付けた次第。たとえ魂魄が去ったとしても、死骸を見ればたいがいのことが分かります」

「そんなものでござるのか？」

「術を八年も学びました。まだまだ未熟者にはござるが、その程度のことなれば」

「その……話にはよく聞くものの、術というものを知り申さぬ。どんな修行をするもので」

「呪文《じゅもん》はむろん学びますが、すべては己れの心を鍛練いたすもの。術は心次第。十年学んだところで些細《ささい》な術さえ操れぬ者もおります。反対に修行など積まずとも、生まれながらにして鬼を視る力を授けられている者も」

「大方の鬼は我らとともにありながら隠れており申す。唐では鬼と呼びますが、我が国では鬼。鬼は隠れておるゆえに隠《おん》と言うたのが鬼《き》の呼び名の由来。しかしいずれもおなじもの。隠れると言うても、山や森に姿を潜ませておるのではござらぬ。人の心の中に紛れ込む。そうして人の気を操りまする」

「人の心の中の鬼をどうやって？」

「顔にそのまま表われていることもあれば、影となって張り付いていることも。鬼によって千差万別ゆえ一概には申されませぬ」

「まさか手前にはついておりますまいな」

清貫は真面目な顔で訊《たず》ねた。

「それなればご同行をお頼みしませんよ」

忠行はくすくすと笑った。

「亡くなられた母者が守っておられる」

ぎょっと清貫は立ち止まった。

一人暮らしは泊まったので承知だろうが、母親のことはなにも話していない。

「機織りがお上手な母者と見えますすね」

「鬼を視る……」

「どうしてそれを？」

「こうしてしばらく一緒に居ると感じてくるのです。清貫どのが目を瞑《つむ》ればありありと母者の姿を思い浮かべられるように、それが私にも伝わってきます。見えるというものではありません」

「他になにか？」

「小柄で右の眉《まゆ》の下に黒子《ほくろ》が」

間違いなく母の顔を言い当てられて清貫はぼろぼろと涙を溢《あふ》れさせた。見えていなければ決して口にはできないことだ。

「手前にはなにがなんだか……」

涙を何度も拭《ぬぐ》いながら清貫は圧倒されていた。

二人は昼前に高井の里に到着した。なにしろ忠行の足が速い。きつい山道を息一つ乱さずに進む。足に自慢の清貫でも遅れずに歩くのがやっとであった。

里の者らは清貫と直ぐに分かって長《おさ》のところへ案内した。長は忠行が忠道の弟であると知らされると複雑な顔で頷《うなず》いた。

「忠行どのは鬼を封じる力に長《た》けておられる。こたびの一件が兄上の身に関わっておるということもあるが、もしや鬼の仕業ではないかと案じられて郡衛を訪ねて参られた。つい先頃も志摩で同様の騒ぎがあったらしい。若い娘が八人の男を殺して自害したそうな」

長は仰天して忠行に目を動かした。

「ここの調べを済ませたら志摩まで足を延ばす所存。鬼の仕業であるなら一刻も早く突き止めねば、さらなる騒ぎが持ち上がる」

「できることであればなんでもお申し付けくだされ。騒ぎが治まったと言えども、炭焼き小屋のことはまだ明らかになっておりませぬ。里の者らは鬼の影に怯《おび》えてござる」

「では、今一度死骸を検分いたしたい」

忠行の言葉に長は怪訝《けげん》な顔をして、

「清貫さまのお調べでは足りぬと？」

「別のお調べだ。厄介だろうが頼む」

清貫も頭を下げた。

「十日が過ぎていては皆も嫌がりましょうぞ……墓も別々の場所。全部でござるか？」

「ぜひとも見たいのは娘のもの」

膝《ひざ》を進めて忠行は長に言った。

「あの娘なれば裏手の林に葬ってござる。柔らかき土ゆえ直ぐに掘り出せましょう」

仕方なく長も承知して若い者らに穴掘りと案内を命じた。長は行く気がないらしい。

早速忠行たちは裏の林に向かった。

まだ夏の陽射しが容赦なく照りつける。踏み締める地面が熱く感じられるほどだ。この土の中にあって、しかも首と胴体とが離れている死骸では腐りも早かろう。忠行を除いてだれもがそれを思っているようで足取りは重かった。清貫もわずかの後悔を覚えていた。

「なんともござらぬか?」

むしろ張り切っているように見える忠行に清貫は呆《あき》れて訊ねた。

「死骸が腐るのは当たり前。当たり前のことを恐れる方が不思議と言うもの。葛城山の山中には死骸の捨て場所もござった。山を巡る夜の行にはたった一人でその場所を抜けなければなりませぬ。死骸に慣れることも修行の一つ。お嫌であればこの辺りで待たれよ」

「いや、そういうわけには参りませぬ」

遥《はる》かに年下の忠行に言われて清貫は気を取り直した。前に一度見ている死骸でもある。

「十二の歳から修行に入られたと申されましたな。それならその恐ろしき行も?」

「その行を命じられたのは十四の歳。まずは山道を熟知してからでないと。灯《あか》り一つ持たずに山を駆けねばなりません。随所に札を納める小さき社があるゆえごまかしも利きませぬ。それを連夜五十日。年に四度を繰り返しまする。そうすれば千日行を五年で成し遂げられる理屈。ようやく去年終えました」

「千日もそれを！」

「慣れた身には楽なもの。目を瞑ったとて走れるように……小石の落ちている場所まで頭の中に入っておりまする。闇にも目が利いて昼と変わりませぬ。おなじ山を千日も回るより他の山を走る方がよさそうに感じたのは一年目のこと。一つの山を極めることこそ大事と次第に心が変わっていきました」

「並大抵の修行にはあらず。感服いたした」

清貫は忠行に魅《ひ》かれはじめていた。

「あの辺りだな」

忠行は林の先を若者らに指差した。

「どうしてそれが？」

当たったらしく若者らは驚いた。

「恨みの気が立ち上っている」

忠行は言うと皆の先を進んだ。

都では遺骸《いがい》を決まったいくつかの山にそのまま捨てるのだが、ここは土葬である。山で木を伐《き》り、炭とすることで暮らしを立てている者たちにとって、遺骸を捨て置くのは働き場所を汚すことになるばかりか危ない獣を呼び寄せる結果にも繋《つな》がる。それが忠行には幸いした。でなければとっくに食い荒らされて骨と化していただろう。骨となっても気を残しているものは少ない。魂魄もさすがに己れの骨を見れば未練がなくなるのか、側から立ち去ってしまう。

〈これなら大丈夫であろう〉

娘が埋められている場所に立って忠行は安堵《あんど》の息を洩《も》らした。ひときわ深い林の中であった。土もひんやりとしている。

三人の若者が黙々と掘りはじめた。忠行と清貫は側で見守った。やがて桶《おけ》の蓋《ふた》にぶち当たる。蓋を外すと激しい屍臭《しじゅう》が噴き出た。若者らは慌てて上に逃れた。代わりに忠行が穴に下りて桶を覗《のぞ》き込む。屍臭など忠行にとってはごみのそれと変わりはないが、嫌な臭いには違いない。少し薄れるのを待ってから桶の縁に両手をかけて顔を近付けた。若者らは呆れた様子で顔を見合わせた。ちらりと見えただけだが桶の中は無残な有様であった。斬られた首の辺りを白いものがびっしりと覆っていて蠢《うごめ》いていた。蛆《うじ》であろう。忠行はその間近にまで頭を差し込んで調べている。

忠行は桶に腕を入れると膝のところに置かれていた娘の首を摑《つか》み上げた。長い髪を手に巻き付けて穴から上がった忠行に皆は後退した。娘の顔は半分腐りかけている。目玉が今にも取れそうだ。鼻からは蛆がぼとぼとと落ちる。そればかりか髪の中にも蛆が紛れ込み、忠行の腕にまで這《は》っている。

「なにか分かりましたので？」

風の具合によってまともに襲って来る屍臭に閉口しながら清貫は質《ただ》した。

「これからです」

忠行は笑って娘の首を土の上に置いた。

「死んで間もなくであれば娘に口を利かせることもできたでしょうが……」

残念そうに忠行は娘の首を眺めた。

「死んだ者にどうやって口を？」

「右手の中指から血を搾り取り、その血でもって額の真ん中に鬼の一文字を書いてやれば口を利くということです。学んだだけのことなので確かにとは言えませぬが、師の教えなれば嘘ではありますまい」

「信じられませぬな」

清貫は大きく息を吐いた。娘の首にもどうやら見慣れてくる。

「穴を掘るまでは恨みの気が立ち込めていたのに、蓋を開けたら霧散いたしました。己れの死を悟ったのでござろう。それをしてやっただけでもここへ来た甲斐《かい》がありました」

　忠行は娘の首に向かって合掌した。

「鬼が入り込んで操るには、まず舌を自在に扱うことが根本。舌の奥深くに必ずそのしるしが現われると教えられてござる」

「どんなしるしで？」

「まだ私も実際に見たことはありませぬ。引き抜いてみなければ見えぬ場所。生きている者には試すことなどできますまい」

「すると……」

　頭に描いて清貫は吐き気を覚えた。気にせず忠行は娘の首を寝かせると小さな口をこじ開けた。顎《あご》の骨が簡単に外れる。娘の顔はまるで化け物に等しくなった。若者らは忠行を睨《にら》み付けていた。知り合いの娘だったのであろう。忠行は経文を唱えながら大きく広げた口に指を入れて舌を摑んだ。力を込めて舌を引き出す。ずるずると舌が伸びる。舌には蛆がびっしりと乗っている。清貫には正視できなかった。嫌な音がして舌が抜けた。舌の筋が腐っていたせいである。忠行は蛆を無造作に払い除《の》けて舌の検分にかかった。

　これが人間の舌かと思うほどに根本は太い。それに重かった。忠行は両手で持って丹念に調べた。蛆に食い荒らされているので表面もどろどろだ。それに忠行もどんなしるしであるのか知らない。それでは見落とす恐れもある。忠行は腰に下げていた竹筒を手にして振った。まだ水はたっぷり詰まっていた。その水で舌を洗う。ぬめりが取れて見やすくなった。蛆もすっかり落ちている。

〈しかし……〉

しるしのようなものは見当たらない。珍しく忠行の額に冷や汗が噴き出た。鬼の仕業と目星をつけてのことだったが、これではだれも得心させることはできない。清貫や若者らも首を傾げて忠行を見守っている。

なにか他に方法はなかったかと忠行は必死で考えた。気になるのは娘の舌の根本の異様な太さである。太いことは承知だが、それにしても過ぎている。思い付いて忠行は林の中に松を捜した。青々とした松葉をなぜか鬼は嫌うと聞いている。それと同様に恐れているのは火である。忠行は松葉を掌《て》に一摑み引き抜いて戻ると、懐ろから紙を取り出して火打ち石で燃やした。その上に松葉を散らす。松葉がくすぶりはじめる。怪訝そうに見ている清貫たちの目の前で忠行は舌を片手で持ち上げた。太い根本の方をくすぶっている煙にかざす。舌はだらりと垂れ下がったままだ。

〈これも無駄か……〉

思った途端、握っている手に動きが伝わった。舌はびくんと跳ね上がった。煙から逃れようとしている。若者らは悲鳴を発して遠ざかった。清貫が辛うじて踏み止まっている。

「な、なんでござるか！」

激しく暴れる舌をしっかりと下げている忠行に清貫は質した。まるで生きた魚のようである。見るもおぞましい光景だ。

「これが鬼の潜んでいたしるし」

ほっとした顔で忠行は笑った。舌がぐるぐると忠行の手首に巻き付く。忠行はその腕を煙の中に下げた。絡み付く舌の感触が不気味であったが、放すわけにはいかない。

やがて舌はぐったりとなった。

忠行は舌を火の側に置いた。もはやなんの反応も見られない。太かった根本が明らかに細くなっている。恐らく気が抜け出て行ったのであろう。

「まだ鬼が娘の中に残っていたわけで？」

「本体ではありますまい。何人もの男どもを殺した鬼。この程度の攻めで滅びるなど……なれど、微《かす》かな気でもこれだけの力。途方もない鬼が操っていたとしか思えませぬ」

忠行には緊張が浮かんでいた。若者らが怖々《こわごわ》と戻って舌を覗き込む。蛇のように忠行の手に巻き付いたのを確かに見ている。

「これではっきりいたしした。この娘に鬼が潜り込んで里の者らを殺《あや》めたに相違なし。残念ながら、そういう鬼を兄が退治できたとは思えませぬ。それに兄とて鬼がどんなものであるかぐらいは承知。退治したなら逃れずにそれをはっきりと伝えるでありましょう。逃れたからには答えは一つ」

忠行は辛《つら》そうに続けた。

「鬼はまぐあいのときを見計らって娘から兄の体に乗り移ったのでござろう」

清貫は青ざめながらも頷《うなず》いた。

「そして娘を殺し、兵ら二人を手に掛けていずこかへ逃げ去り申した。鬼は兄の姿をしておりまする」

「どうすればよろしかろう……」

清貫はおろおろとなった。

「どこへ消えたか分からぬでは手の打ちようがござりませぬ。それよりは鬼の正体を突き止めるのが肝要。どんな鬼か知らぬでは退治のしようがござらぬ。私はこのまま志摩へ」

「手前もお供いたしますぞ」

清貫は迷わずに言った。鬼の実在を信じた今は目を背けてはいられない。

6

それから三日後の夜遅く。

忠行と清貫は志摩の賢島の浜に辿《たど》り着いた。

二人はこの三日の旅ですっかり打ち解けていた。その上、清貫はあたかも従者のようになって忠行の荷を担いでいる。もはや宇陀の郡衛には戻れぬ身であると清貫も覚悟していた。郡衛の書生でなくなって無官となれば忠行とは身分が違う。おなじ無官でも忠行は内裏に永く仕えている加茂の血筋である。いや、それよりも清貫は忠行の並々ならぬ力に圧倒されていた。それが自然に主従を分けたと言ってもいい。清貫に不満はなかった。忠行の方も三日の間にそれを受け入れた。

「漁師の小屋にでも宿を頼むしかありませぬな。手前が訊《き》いて参りましょう」

浜の波は穏やかだった。大きな月が二人の真上にあって静かな海を銀色に照らしている。

「浜で寝よう。気持ちよさそうだ」

野宿に慣れている忠行は制した。この時刻に訪ねれば迷惑となる。

「では焚《た》き火の用意をいたしましょう」

清貫は枯れ枝を集めにかかった。むしろ汗ばむほどだが火がないと寂しい。忠行は浜に腰を下ろして明るい海を眺めた。異変が起きたとは思えぬ静かな浜だった。

焚き火の炎が上がってしばらくすると男たちが何人か二人のところへやって来た。様子を見に来たのであろう。

「宇陀の郡衛の者だ。挨拶《あいさつ》をしようと思ったが夜も遅いゆえ遠慮した。今夜は浜で過ごす」

清貫が名乗ると男たちは恐縮した。二人の身形《みなり》で嘘ではないと分かったらしい。

「この浜で起きた一件を調べに参った」

忠行の言葉に男たちは頷いて、

「長《おさ》に知らせて参りますので、どうぞ小屋の方にお泊まりください」

丁寧な口調になった。

「ここでいい。海を眺めるのはひさしぶりだ。それでは莚《むしろ》を二枚だけ貸してくれ」

「酒と干物でも運んで参ります」

「明日にしようと考えていたが、よければここで話を聞かせて貰《もら》えぬか」

忠行に男たちは承知して立ち去った。

「この美しい浜で酒が飲めるとはありがたい」

清貫は喜んだ。忠行はいっさい飲まない。清貫のために断わらなかったのである。

「一度もお飲みになられたことが？」

「別に禁じられてはおらぬが……酒は心を一つにする妨げとなる。未熟なうちは飲まぬにこしたことはない」

「未熟などと……」

清貫は首を横に振った。

「まだまだだ。学んだというばかりで鬼と戦ったことはない。世の中には優れた術士がいくらでもおる。呪文《じゅもん》で岩を持ち上げるお人も居るそうだ。師より耳にした話だがな」

「そんなことが本当にできますかの」

清貫は疑いの目を忠行に向けた。

「師は確かに見たと言う。しかもそのお人は加茂の血筋。父に質《ただ》したら承知していた。加茂にあったとて今の内裏では飼い殺しも同然。力を用いられることはない。それで都を飛び出て山に入られたそうな。祖父の弟御に当たるお人。今はどこにおられるやら」

「まだご存命であられましょうか？」

「と思う。祖父の弟御と言うても我が父とさほど歳が変わらぬ。五十やそこらのはず」

「にしても岩を持ち上げるなど……」

「わずかの力なら私にもある」

笑って忠行は砂を握った。顔の辺りまで腕を上げる。そうして忠行は呪文を唱えた。そっと握っていた掌を開く。砂はほんの一呼吸だけ空中にとどまっていた。清貫は目を丸くした。忠行の額には一瞬のうちに大粒の汗が噴き出ていた。砂がさあっと下に落ちる。

「せいぜいこれだけだ」

忠行は荒い息で言った。清貫は吐息した。


「五十人以上の死骸《しがい》が見付かったと！」

忠行は長の言葉に唸《うな》りを発した。清貫も酒の杯を持つ手を止めた。焚き火の周りには忠行たちを含めて七人が居る。長も挨拶かたがたやって来てそれに加わっていた。

「いずれも腐り果てて化け物船の中は無残なものでござりました。お役人は死骸を海に捨てよとお命じになられましたが、それでは海が汚れまする。結局浜の者らが舟で運んで一つところに埋めましたのじゃ」

「嵐や病いで死んだのではないと言うたの」

忠行はそこをしっかりと質した。

「船中には夥《おびただ》しい血が……首や腕が斬り落とされた死骸がほとんどでござる。恐らく海賊にでも襲われたのではありますまいか」

「船はどうなった？」

「今もそのままにしてございますよ。漁の邪魔となるので、この浜の左の隅に移しました。ここからは見えませぬ」

長は方角を示した。

「荷も手付かずか？」

「それはお役人が英虞《あご》の国府の方へ。なにもお聞きではござりませぬか？」

長は怪訝《けげん》な顔をした。すべてを承知の上で忠行たちが来たものと思っていたらしい。

「我らは宇陀の管内で起きた人殺しの一件を探っておる」

清貫が代わりに応じた。

「似たようなことがここでも起きたと耳にして、とりあえず駆け付けただけ。英虞の国府の報告は内裏に届けられるゆえ宇陀では詳細を知ることができぬ」

なるほど、と長らは頷いた。

「奇妙なのは……」

長が首を捻《ひね》りつつ忠行に言った。

「小島の多いこの入り組んだ湾内をどうやって船がここまで入れたかということでござる。

帆柱も折れておりました。風に運ばれたとは思えませぬ。だれかが潮の流れを用いて舵《かじ》を操ったとしか考えられぬのでござるが……死骸はすべて何日も前に死んだ者ばかり。お役人はこっそりと船から下りて浜に泳ぎ渡った者がおると決め付けておられましたが、あの夜は浜の者が大勢で船の見張りを」

「浜で殺された者らが居よう。その者らが船からやって来た者に襲われたとは？」

「あれはおみつのしたことに間違いござりませぬ。何人もが見ており申す。おみつは大魚を捌《さば》く包丁を手にして浜に現われました」

「八人を殺すなど尋常ではない。男勝りの娘であったのか？」

「ごく普通の娘でありましたが……気が触れたとしか思えぬ力でござった」

「高井の里でも若い娘が五人を殺した」

長たちは絶句して忠行を見詰めた。

「鬼の仕業と見ている。ここでも女の体に入り込み、鬼が操って殺させたのであろう」

長も薄々と感じていたのか無言で頷いた。

「問題はその鬼の正体だ。鬼と言うても無数におる。封じる方法もそれぞれによって異なる。水を恐れる鬼もおれば、小豆《あずき》程度で逃げ出す鬼も居る。船が残されてあるのは好都合。船中を丹念に調べればなにか手掛かりを得られるやも知れん」

「勝手に乗り込めばお咎《とが》めを受けまする」

長は忠行を見やって首を横に振った。

「英虞の国府にはあとで報告をする」

清貫は心配ないと請け合った。

「船はもう桑名《くわな》の商人のものとなり申した」

「どういうことだ？」

「手を加えれば立派な船に戻ります。商人が名乗りを上げて買い取ったとか。我らもすでに銭を受け取ってござる。それこそ明日辺りにはその商人が船を見に参ることに」

「内裏に断わりもなしに英虞の国府が船を売り払ったと申すのか？」

忠行は呆《あき》れ返った。大事な証《あか》しなのである。

7

翌朝。

忠行と清貫は舟を頼んで化け物船に向かった。長には内密のことであった。

浜からは見えなかったが、海に出ると直ぐに化け物船の黒い影が認められた。

「間違いない。唐船《からぶね》だ」

忠行は形を見て口にした。人間だけなら二百人も乗り込むことのできる大型船である。

「船の腹がなにやら黒くて不気味でござりますな。墓場からでも現われたような……」

「あれは纏《まと》わりついている海草だ。もはや船に霊気は感じられぬ。だが……あの船縁《ふなべり》の高さでは上ることがむずかしそうだな」

忠行は舟を操る男に訊《たず》ねた。

「反対側に縄梯子《なわばしご》を吊《つる》してあります」

「我々だけで参る。なにかあったらそなたは構わずに逃げるがいい」

「戻れなくなりましょう」

「なにか、とは桑名の商人のこと。その者らの舟に乗せて貰えば戻れよう。案ずるな。今も言うたように船には怪しい気配がない」

忠行は笑って応じた。好意で舟を出してくれた者に迷惑はかけられない。

忠行たちの舟はやがて化け物船に接近した。忠行が先に縄の梯子を上る。

「これは堪りませぬな」

血の臭いがまだ籠《こも》っている。続いて甲板に飛び下りた清貫は眉《まゆ》をひそめた。

「皆が死んで何日もそのまま捨て置かれたのだ。板にすっかり血が染み込んだのであろう。

洗ったとて簡単には取れぬ」

忠行は平気な顔で船底への扉を開けた。ここに三十人以上の死骸があったと聞いている。階段は湿っていた。忠行の重みで階段がたわむ。忠行は開けた扉から差し込む光に照らされている壁を眺めた。血飛沫《ちしぶき》が一面に模様を作っている。鉋《かんな》で削り取りでもしない限り消えない染みに思えた。

「よほどのことがあったのだな」

船底の真ん中に立って忠行は寒々とした思いにかられた。暗さに目が慣れるにしたがって血飛沫の模様が濃くなっていく。湿った床には二人の足跡ができている。どこかねばねばとした床だ。血が浮いてきているのだ。

「板を取り替えねばとても使えまい」

清貫も同意した。一月が過ぎてもこの有様なのだ。商人はこの臭いが抜けるのを待っているのだろうが、これでは無理である。

「あの壁の染み……おかしくはないか？」

忠行は清貫に指で示した。清貫も眺めて頷《うなず》いた。人間の形が白抜きされているように見える。その部分にばかり血飛沫がないのだ。忠行は近寄って確かめた。人間の形は忠行よりも遥《はる》かに小さい。

「これが下手人であろう。殺された者の血飛沫が下手人の体で遮られたのだ。それ以外に考えられぬ」

「子供の影のように見えまする」

「無縁であるなら咄嗟《とっさ》に逃げるはず。これはしばらく立って死ぬのを見届けていたものだ」

いかにもそのように感じられて清貫は壁から離れた。それが本当なら激しい血飛沫を体に浴びていたことになる。

「子供や娘に入り込むのが得意と見える。鬼はいつでもそうだ。弱い者を先に狙う」

忠行は忌ま忌ましそうに壁を叩《たた》いた。

「だれか船に上って参りますぞ」

縄梯子が船にぶつかる音を聞き付けて清貫は緊張した。忠行は慌てずに待った。ここでじたばたしても仕方がない。

「だれの許しを得てのことだ!」

若い女の凛《りん》とした声が甲板からした。忠行と清貫は思わず顔を見合わせた。

「勝手にしたのであるなら盗人だぞ。出て参れ。来ぬときはこちらから踏み込む」

「鬼ではなさそうだ」

忠行は笑って清貫を階段へと促した。

「そう急《せ》かすな。今行く」

娘の叫びに苦笑で応じながら忠行は甲板への階段を上った。暗い船底に居たせいで目が光に負けている。眩《まぶ》しい輝きに包まれた影が忠行の頭上にあった。声で娘と感じたが、その影は男のものだった。腰に刀も見える。

「これはこれは……奇妙な格好をしている」

甲板に出て向き合った忠行は思わず口にした。涼しげな白い紗《しゃ》の狩衣《かりぎぬ》を纏《まと》っている者はやはり若い娘だったのである。烏帽子《えぼし》は被らず、腰までの長い髪をうしろで一つに束ねている。娘は厳しい目で忠行を睨《にら》み付けていた。美少年とも見える凛々《りり》しい顔立ちだ。

「何者だ？」

娘は腰の刀に手をかけて質《ただ》した。

「それはこっちも聞きたいものだな」

「盗人に名乗る必要はない」

「我らは宇陀の郡衛の者だ」

忠行に続いて上った清貫が威圧した。相手は十五、六歳の娘に過ぎない。

「であるにしても、他人の船に無断で踏み込むとは許されぬこと。なにをしていた？」

「これはそなたの船か？」

反対に忠行は訊ねた。

「我らは桑名の商人より頼まれて参った」

「我ら？」

忠行は辺りを見回した。後方の舵のところに一人の男の姿があった。男は忠行を見詰めてにやにやと笑っている。年齢は五十前後。忠行に似て背が高い。白髪混じりの頭だが、それは老齢を示すと言うよりも威圧を感じさせた。忠行は珍しく気後れを覚えた。男の余裕が伝わってくる。

「この船の汚れを払いに参った。名乗るつもりがないならさっさと立ち去れ」

「立ち去れと言われても……」

忠行は船縁から見下ろした。自分たちを運んだ舟はどこかに消えてしまっている。

「都の加茂さまのお血筋であられるぞ」

清貫が声を張り上げた。

娘に戸惑いが浮かんだ。太い舵棒に凭《もた》れていた男の目も忠行に注がれた。

「忠行とはそなたのことか」

男がゆっくりと近付いて見やった。

「なんで私の名を知っている？」

「宇陀の郡衛に出仕しておるなど耳にしておらぬ。そなたまことに忠行か？」

「宇陀と関わりのあるのはこの清貫。私は葛城山にて修行の身。ご貴殿は？」

「忠峯《ただみね》じゃ。そなたの祖父の人麻呂《ひとまろ》は儂《わし》の兄」

忠行は目を丸くした。清貫もぽかんとした。

「因縁とは不思議なものじゃの。まさかこのようなところで出会うとは……」

言われて見れば祖父と面影が似ている。忠行は大きな息を吐いた。陰陽師《おんみょうじ》の道は祖父の人麻呂が継いで忠行へと連なっているのであるが、忠峯は祖父の人麻呂より遥かに優れた術士であったと言う。陰陽師を遠ざけはじめた内裏に見切りをつけて忠峯は都を飛び出してしまったのだ。健在であるらしいのは知っていたが、忠行にはにわかに信じられなかった。

「なんでこの船を調べに参った？」

「兄忠道のことをお聞き及びでは？」

「しばらく都には出掛けておらぬでな」

「高井の里でもこことおなじようなことが。兄の忠道は宇陀の郡衛に主帳として赴任しておりました。その一件を探るうち、どうやら鬼に取り憑《つ》かれてしまったものと……娘一人に兵二人を殺《あや》めて出奔してござります」

　忠峯はぴくりと眉を吊り上げた。

「鬼の仕業と知らぬ検非違使《けびいし》は兄の行方を密《ひそ》かに追ってござる。加茂の汚名を救うには兄を先に捜し出して鬼を退治すること。それでここまで参りました。鬼がこの唐船を用いて海を渡って来たのは明らか」

「加茂に関わる一件とは知らなかった」

　忠峯は暗い顔をして頷いた。

「お噂ばかりは時折聞いておりました」

　忠行はあらためて忠峯に頭を下げた。術の凄《すご》さを耳にして、ぜひとも会いたいと願っていた祖父の弟である。五十を過ぎているはずなのに肌は浅黒く引き締まっている。

「これまではどちらに?」

「この三、四年は駿河《するが》や参河《みかわ》にな。この者は香夜《かよ》と言うて二年前より儂の下におる」

　忠峯は娘の名を教えた。

「弟子にござりますか?」

「富士の中腹にある小さな社の娘だ。父親が病いで亡くなった。それで行く末を頼まれた。駿河の郷士が喜んで引き受けてくれたのだが、直ぐに屋敷を飛び出て儂のところへ戻った。

里の穏やかな暮らしが性に合わぬらしい。猿や鹿を仲間として育った者。気も荒い」

忠峯はくすくすと笑って香夜を見やった。

「術を学ぶつもりはないようだが、儂の側に居ればいろいろと面白いことに出会う」

「男の姿をしているのは？」

「旅が多い。香夜が自分でそうした。剣の腕も多少は立つぞ。侮ると怪我をする」

「なにやら不思議な娘に思えます」

忠行は香夜の顔に輝きを感じていた。

「分かるか」

忠峯も頷いて、

「術は使えぬが、力を内在しておるのは確かであろう。富士の山で十三年を過ごした。それと関わりがあるのかも知れんな」

「船の汚れを払いに参られたとか？」

忠行は話を戻した。

「銭さえ貰《もら》えればなんでも引き受ける。桑名の商人からの頼みじゃ。あらましは聞いてきたものの、まさかこれほどのこととは思わなんだ。人の心を惑わせる熱病と軽く見ていた。そなたの睨んだ通り、これは鬼の仕業じゃの」

忠峯は断言した。

「船底の壁には鬼が憑いたと思われる幼き者の影がはっきりと残されてござる」

忠行の言葉に忠峯は階段を下りた。皆も続く。忠峯は瞬時にその白い影を見付けた。

「なるほど……いかにもそう見える」

「船中に子供の死骸《しがい》があったとは聞いておりませぬ。この子供が船を操り、浜に逃れたのでございましょう。そして今度は娘に乗り移り、浜の者らを手にかけたのでは？」

「すると、この浜のどこかに子供の死骸が捨て置かれてあるということだな」

忠峯は頷いて白く抜かれている小さな影の頭のところに掌《てのひら》を当てた。そうして呪文《じゅもん》を低く唱えはじめた。忠行は怪訝《けげん》な顔で見守った。忠峯がなにをしようとしているのか分からない。忠峯は呪文を唱えつつ懐ろから白い紙を取り出した。人の形に切り取ってあるものだ。忠峯はその紙の人形《ひとがた》を子供の影の頭の部分に押し付けた。手を離しても紙は落ちない。

清貫はやがてその人形の手足がぴくぴくと動き出したのを見て動転した。

「な、なんでござるか！」

「この人形が死骸のありかを教えてくれる」

忠峯は清貫に平然と返した。

人形がゆっくりと壁から離れる。風もないのに人形はふわふわと舞って階段から甲板へと抜け出て行った。

「見逃すでないぞ。早く我らも舟に」

忠峯は忠行らを促した。

「船の検分はよろしいので？」

「その子供の死骸から聞き出せば済む」

忠峯に忠行は頷《うなず》いた。人形を追って階段を駆け上がる。人形はすでに海の上にあった。

だが、遮るもののない海なので見逃す心配はない。忠行たちは船から小舟に乗り換えた。

「死んで一月が経っております。死骸に魂魄《こんぱく》がとどまっておりましょうか？」

忠行は案じていた。高井でも苦労している。

「そのときは呼び戻せばよかろう」

忠峯は造作もないという顔で言った。

8

舟を浜に着けて忠行たちは人形を追った。人形は浜から松林に入り、山の方へと空を流れて行く。香夜が四人の先頭を走る。忠行も走りを自慢としていたが、香夜の身軽さにはかなわない。

「あの小屋に入った」

香夜はようやく追い付いた忠行に示した。緩い斜面の下に粗末な小屋が見える。

「人の気配はないな」

忠行は様子を窺《うかが》って呟《つぶや》いた。香夜も頷く。

「少し前に人があそこで死んでおるの」

忠峯も二人に並んで口にした。忠峯はそういう霊気を感じ取ったものらしい。

「例の娘は自分の小屋で二人を殺してから浜に現われたと聞いております」

忠行は漁師たちの話を思い出した。

「では、その小屋に違いない。人形が飛び込んだのも分かる。船から逃れた子供があそこに踏み込んで娘に乗り移ったのだ。子供の死骸は小屋の床下にでも埋められていよう」

「だれが埋めましたので?」

清貫は首を傾げた。

「むろん娘のしたことだ。見知らぬ子供の死骸があの小屋から見付かれば鬼の仕業と直ぐに知れる。それから浜に下りたのだ」

「解せませぬな……死骸を隠すような面倒をしながら、即座に浜で人殺しなど」

それには忠行も頷いた。そのまま山へ逃げ込めばよさそうなものである。

「乗り移っては見たものの、娘はこの土地のことしか知らなかったのであろう。それではあまり役に立つまい。派手に人を殺めれば捕らえられ、黙っていても役人が賑《にぎ》やかな町へと連れて行ってくれる」

あ、と忠行は絶句した。

「鬼の目的はそれであったと？」

「唐から辿《たど》り着いたばかりで、この国のことはなに一つ知るまい。道案内が要る」

「しかし……娘は都に引き立てられる道筋で自害して果てたとか」

「なにがあったか、そこまでは知らぬが、鬼の痕跡《こんせき》を消すためだったとも思える。都の方角はだいたい知ったはず。そうして高井の里に向かったのではないか？　あの辺りまで行けば都までの道を承知の者も居よう」

「…………」

「なれど、高井の里の炭焼きの娘程度では都を知る由もない。思惑が外れたところに忠道が現われた。忠道は都に永く暮らす者。忠道の体を支配できれば都を好きに動き回れる」

今度こそ忠行も得心の顔となった。忠峯の推察通りに相違ない。

「なかなか利口な鬼だ。都に出てなにをする気か……こうも鮮やかに人を操れるとなれば退治するのもむずかしい。都には何万という民が暮らしている。そこから突き止めるのは至難のことだぞ」

忠峯は苦虫を嚙《か》み潰《つぶ》した。

「床下の子供がなにか知っておればよいがの。幼い者ではさしたることを聞き出せまい。そこまで鬼は見越しているのかも知れん」

忠峯は舌打ちして小屋を目指した。

「鬼と争ったことはありますか？」

忠行は忠峯に質《ただ》した。

「この二十年、それを仕事としておる」

「私はまだ一度も……」

「二十年のうちで一番恐ろしい相手となるやも知れぬ。覚悟しておくがいい」

「手前ごとき未熟な者で間に合いましょうか」

「術士の道を選んだからには避けられぬこと。ましてや加茂の血筋ではないか。加茂はこの国の守りとして神が遣わした者。儂とそなたが今日ここで会《お》うたのも神の導きと思え」

ははっ、と忠行は素直に応じた。

「そなたはまだ己れの力を解き放つことができぬようだが、じきに会得しよう」

忠峯は忠行を見詰めて微笑んだ。

清貫は忠峯に示された床の隅の板を探った。簡単に何枚かが外れる。床下には漬物の樽《たる》がいくつか並べられていた。清貫はその傍らに新しい土盛りの痕跡を認めて掘りはじめた。やがて土の中から細い腕が現われた。清貫はその腕を掴《つか》んで引き上げた。土が柔らかなせいで楽に子供が頭を見せる。どろどろに腐った死骸だったが清貫は堪《こら》えた。香夜でさえも平気な顔で見守っている。三十過ぎの清貫が怯《おび》えていれば笑われよう。それに高井で墓暴きをして慣れている。清貫は小さな死骸をなんとか床の上に運び上げた。忠行が差し出した紙で清貫は汚れた手を拭《ふ》いた。

「十やそこらの年頃だな。哀れな」

忠峯は死骸を見下ろして合掌した。

「唐と言うより新羅《しらぎ》の衣に見えまする」

忠行に忠峯も頷いた。新羅の民らは都でも多く見掛けるので衣もよく知っている。

「呼び戻しの術を学んでおるか?」

忠峯は忠行に質した。

「死んで間もなくのことであれば。ここまで腐った死骸ではとても……」

「やり方だけは伝授してやろう」

忠峯は懐ろから真新しい紙の人形を取り出すと香夜に命じて墨と筆を用意させた。忠峯は人形を床に置いて筆でさらさらとなにやら書き付けた。清貫や香夜にはただの模様にしか見えないものであったが忠行は頷いた。人形の頭から胸の辺りに書かれているのは悪鬼を追い払う護符である。腹のところには大きく鬼字がしたためられている。鬼字とは鬼の文字の中のムの部分を他の漢字に置き換えるもので、ここには還と書かれてある。

「本還、すなわち魂を元の体に戻すことだ」

忠峯は忠行にゆっくり示してから紙の人形を小さく折り畳んで子供の死骸の口の中に押し込んだ。

「鬼の呪いを同時に解いておかねばならぬ。そうして九字を切り、魔界偈《まかいげ》を唱えればたいがいの魂は呼び戻されて参る。もっとも、呼び戻す術士の呪文が届けばの話だがな」

やって見ろ、と忠峯は忠行を促した。

忠行は死骸の前に胡坐《あぐら》をかくと大きく息を吸い、吐いた。それを何度か繰り返してから右手の二本の指で宙に九字の印を切る。

「のうまくさらば、たたぁがていびやく、さらばぼっけいびやく、さらばたたらた、せんだまかろしゃだ、けん、ぎゃきぎゃき、さらばびきなん、うん、たらたかんまん」

心を一つにして忠行は唱えた。

「天魔外道皆仏性、四魔三障成道来、魔界仏界同如理、一相平等無差別」

忠行は必死で魂の復活を願った。

「のうまくさらば、たたぁがていびやく、さらばぼっけいびやく、さらばたたらた、せんだまかろしゃだ、けん、ぎゃきぎゃき、さらばびきなん、うん、たらたかんまん、天魔外道皆仏性、四魔三障成道来、魔界仏界同如理、一相平等無差別」

それを三度続けて忠行はかっと目を開けた。子供の顔を凝視する。唇の腐り果てた口元が微《かす》かに震えていた。忠行は胸が騒いだ。

だが――

その微かな動きは直ぐに静まった。死骸《しがい》はふたたび生気のない物体に戻った。

「まだどこぞにそなたの疑念が残されていたのだ。己れの力を信ぜずして術は成らぬ」

忠峯はそれでも小さく頷いた。口元の動きを忠峯もしっかりと見届けていたのである。

「この儂でさえ三十近くまで呼び戻すことはできなかった。葛城山でよほど修行したようだの。頼もしい」

忠峯は忠行のとなりに座ると手早く九字の印を切って魔界偈を唱えはじめた。力を使い果たした忠行は息を整えながら死骸を見詰めた。忠峯の呪文ばかりが耳に響く。呪文に気圧されてか、香夜と清貫は正座していた。

「のうまくさらば、たたぁがていびやく、さらばぼっけいびやく、さらばたたらた、せんだまかろしゃだ、けん、ぎゃきぎゃき、さらばびきなん、うん、たらたかんまん、天魔外道皆仏性、四魔三障成道来、魔界仏界同如理、一相平等無差別」

忠峯の唱える呪文には揺るぎがない。腐り果てた死骸に魂を呼び戻す術なのだが、できて当たり前という顔で続けている。疑い半分で見守っていた忠行も忠峯の呪文を耳にしているうち呼び戻しが可能のように思えてきた。

〈おお！〉

白濁していた子供の目玉がぎろぎろと動きはじめた。焦点を合わせようとしている。濁りが薄れて黒目が戻る。忠行は顔を近付けて見詰めた。その忠行の首に、いきなり子供の両腕が伸びて絡み付いた。なにしろ腐って白骨が半分も露出している死骸である。常人では耐えることができない。だが、忠行は死骸が自分を支えにしたいだけだと分かって、反対に背中を優しく抱くと持ち上げた。上半身を起こした死骸を壁にもたせかけてやる。死骸は忠行から腕を離した。清貫は逃げ腰となってそれを眺めていた。

「名はなんと言う」

忠峯は新羅の言葉で話しかけた。忠行も学んでいるので死骸の応答に耳をそばだてた。

「高……成英」

呂律《ろれつ》の回らない声だったが、確かに子供はそう応じた。忠行は思わず息を吐いた。

「母さまはどこ？　ぼくはどうしてここに居るの？　成美も居ない」

「成美と言うのは姉妹か？」

「姉さんだ。さっきまで遊んでいたのに」

成英は忠峯たちをぼんやりと眺めて香夜に目を止めた。にっこりと笑う。しかし、その頬の肉はなく顎《あご》の骨が見えている。

「おまえを姉と思っているらしい」

忠行が言うと香夜は涙を溢《あふ》れさせながら何度も頷いて成英の腕を握った。

「どこの町の者だ？」

忠峯は続けて質した。成英は新羅の町の名を口にした。知らない名だったが、大きな港町のようだった。

「どうやって船に乗った？」

「船？　知らない」

「姉とはぐれてどうした？」

「綺麗《きれい》なお姉さんが一緒に捜してくれた。でも、それは悪いお姉さんだった。ぼくを暗い倉庫の中に連れて行って苛《いじ》めたんだ」

「苛めた?」

「ぼくを丸裸にして……ちんちんを齧《かじ》ったりするんだ。怖かった」

忠峯と忠行は顔を見合わせた。その娘に鬼が取り憑《つ》いていたのに違いない。

「お姉さんも裸になってぼくを上から押さえ付けた。どうしても許してくれないの」

よほど恐ろしかったのか成英は泣いた。

「よい、よい」

忠行は毛が抜け落ちて疎《まば》らとなっている成英の頭を撫《な》でた。

「言わずともよい。こうしていればちゃんと伝わって来る。怖い思いをしたな」

忠峯は頭に掌《てのひら》を押し付けた。忠行にもそうするよう命じる。忠行はそうして目を瞑《つむ》った。

倉庫の出来事がありありと脳裏に浮かぶ。

娘の白い乳房が揺れている。忠行は成英になっていた。恐怖がそのまま自分のものとなる。殺されるかも知れない。抗《あらが》おうとするのだが腰はしっかりと娘に挟み込まれている。娘の毛が腹を擦《こす》って痛い。どろどろに濡《ぬ》れているのが気持ち悪い。成英の痩《や》せ細った男根は娘の中に収まっている。それが破裂してしまいそうな不安を感じる。娘が成英の腕を摑んで、無理やり乳房を揉《も》ませた。屈《かが》んだ姿勢で娘は尻《しり》をゆっくりと使った。成英の息が詰まった。本当に男根は破裂して飛び散りそうなくらいに膨らんだ。

「戻るがよい。忘れてゆっくりと休め」

忠峯は成英に額から掌を離して言い聞かせた。それが引導になったらしく、成英は嬉《うれ》しそうに頷くと体を横たえた。目玉がまた白濁して腐った死骸《しがい》に変わっていく。

「哀れな……」

忠行は成英の小さな死骸に合掌した。こうして呼び戻してやらなければ名前さえ分からずに異国で無縁仏となっていたはずだ。

「丁重に葬ってやれ」

忠峯は香夜と清貫に命じた。

「なにか分かりましたので？」

清貫が忠行に質した。忠峯と忠行は成英の額に掌を当てていただけで終始無言であった。

「女がこの成英に乗り移ったのは確かだ。大海に乗り出す船に女が紛れ込むのはむずかしい。それで成英を狙ったのだ。小さな男の子供なれば潜り込むのはたやすい上に、守り神になると言って船乗りたちも喜ぶ。大事に扱ってくれよう」

「そうして我が国を目指したのでござるか」

「いや、あの船は我が国に向けて船出したのではあるまい。途中で鬼が正体を現わし、船を乗っ取ったものであろう」

それに忠峯も頷いた。

「それにしても、なにゆえこんな子供を？　船乗りを狙う方が簡単にござろうに」

清貫は小首を傾げた。

「娘や幼き者の方が操るのにたやすい。どの船にするかも決めておらなんだのであろう。荒海を渡るには船をじっくりと選ばねば」

忠峯は続けて、

「どうやら、まぐあいをせねば乗り移ることができぬ鬼のようだな。そういう鬼のことを耳にした覚えはないか？」

忠行に訊《たず》ねた。どうやら忠峯には思い当たる鬼がありそうな様子だった。

「手前は一度も……」

「新羅であれば淫鬼《いんき》と呼ばれる鬼が居る」

「淫鬼……」

「実体を持たぬ鬼らしい。快楽を求めて若い男女の体を転々とする。実体がないゆえに本当の鬼かどうかはっきりとせぬようだが、生真面目な男や操の堅い女が急に淫乱《いんらん》な振る舞いを見せるようになると淫鬼の仕業と周りは見做《みな》す。まぁ、淫行に耽《ふけ》ることは若い者にありがちのこと。すべてが淫鬼の仕業と決め付けるのは間違いであろうが、それだけに見極めがむずかしい。滅多に人は殺さぬようだが、それもどうだか……はっきり淫鬼の仕業と突き止められた例は少ないはず。相手とするにこれほど厄介な鬼はおるまいぞ」

「その淫鬼とやらはまぐあいで別の体に乗り移るのでござりますか？」

「だろうな。成英のような幼い者にまでそれを仕掛けているところを見れば、そうとしか思えぬ。実体を持たぬゆえ体を結合させる必要があるのかも知れん」

「なんでそんな鬼が我が国へ？」

「新羅ではあまりにも名が広まっている。わずかのことで払いの祈禱《きとう》が行なわれよう。それでは淫鬼とて動きにくい。まぐあいでしか乗り移れぬとなると、下手をすれば封じ込まれる恐れもある。それで新羅に見切りをつけて新天地を求めたのではないかの」

「では、さほどの鬼とも思えませぬ」

「見付けられればのことであろう。今はそなたの兄の忠道の体に潜んでいようが、この先は分からぬ。それとて、忠道を捕らえぬ限りは見当がつくまい。もともと闇に紛れて行なう男と女のことだ。淫鬼はそうして何百年も生き長らえてきたのだぞ。淫鬼そのものは大した力を持たぬかも知れぬが、乗り移った者によっては違う。人の肉を食らう鬼などの方が遥《はる》かに戦いやすい」

「兄を一刻も早く捜し出さねば」

忠行は唸《うな》って立ち上がった。

怨鬼

1

ところは変わって九州の大宰府《だざいふ》郊外。

忠行たちが志摩で化け物船の検分を行なった日より三、四日過ぎている。

その真夜中に土を掘り返す重い音が繰り返されている。掘っているのは二人の男たちだった。男たちは鍬《くわ》が石に当たって甲高い音がするたび腕を休めて様子を窺《うかが》った。大宰府の政庁から離れているとは言え、この辺りは衛士《えじ》の巡回が多い。

「まだか」

二人を銭で雇った男が苛立《いらだ》ちの声を発した。見咎《みとが》められたときの用心に覆面をしている。

「見付かったらこっちの首が落とされやす」

一人がその苛立ちを見透かしたごとく下卑た薄笑いを浮かべた。ただの墓暴きではない。笑いの魂胆は見え見えである。礼をもっとせしめようとしているのだ。

「分かった。倍にしてやる。急げ」

男は冷たい目で二人を促した。二人はまた穴掘りに精を出した。風に湿ったものが混じりはじめている。やがて雨となろう。

腕組みしていた男は夜空を見上げた。空よりも黒い雨雲がゆっくりと広がっている。雲は雷を孕《はら》んでいるらしく、不気味な音が時折聞こえている。

「ありましたぜ！」

鍬が桶《おけ》にぶち当たった感触に男が安堵《あんど》の声を上げた。礼金が倍になったからには一刻も早くこんな仕事から解放されたい。二人の男は手で土を払って桶を露出させた。

「それだ。霊気がここまで伝わる」

二人の肩越しに覗《のぞ》き込んだ男も満足の笑みを洩《も》らして桶の蓋《ふた》を開けるよう指図した。五年も前に埋められたものだ。桶はだいぶ腐っている。男たちも楽にこなした。とっくに白骨となっているはずだ。新しい死骸《しがい》と違って不気味さもない。

だが——

蓋を持ち上げた二人は中に黒い固まりが詰まっているのを見て絶句した。その瞬間、激しい稲光が生じた。地を揺るがす雷音が轟《とどろ》く。

「うわっ！」

二人は仰天して尻餅《しりもち》をついた。一瞬の青白い稲光に照らされて桶の中がはっきりと見られたのである。そこには白骨どころか、まるで今朝にでも埋められたような生々しい死骸が端座していた。直ぐに闇に戻ったが二人の震えは治まらなかった。

「な、なんなんで！」

二人の男たちは腰砕けとなりながら穴から這《は》い上がった。それを待っていたように男は腰の刀を引き抜くと一閃《いっせん》させた。一人の男の首が飛ぶ。返した刀でもう一人の胸を突き刺す。鮮やかな手際だった。

男の足元には二人の死骸が転がった。

男は死骸を二人が掘った穴に蹴落《けお》とした。

「やはり恨みで凝り固まっていたようにござりますな」

男は桶の中の死骸に語りかけた。

「晴らすまではこの世にとどまっておるつもりでござったか」

男は刀を桶に差し入れて死骸の首をざっくりと斬り離した。髷《まげ》を摑《つか》んで持ち上げる。体内の空気か水が洩れたらしく、首から下の胴体が見る見る萎《しぼ》んだ。一人頷《うなず》いた男は、殺したばかりの二人の死骸を桶に詰め込んだ。穴から上がって土を被《かぶ》せる。

やがて二人の死骸も土に隠された。

「もうしばらくの辛抱にござる」

泥だらけの手を払って男は斬り離した首に言った。瞼《まぶた》を指でこじ開ける。かさかさに乾いた目玉が現われた。その目玉を、激しく降りはじめた雨が濡《ぬ》らしていく。目玉に生気が戻ったように感じられる。

「さすがにお強い。大宰府まで足を運んだ甲斐《かい》がござった。貴方さまなればこの国一番の怨鬼《えんき》が取り憑《つ》きましょうぞ」

男は首を大事に抱えて高笑いした。

どしゃ降りをものともせず男は歩いた。今夜の寝場所と定めていた荒れ寺に辿《たど》り着く。火事で大屋根の落ちた寺だが、いくつかの部屋は雨を凌《しの》ぐことができる。

男は真っ暗な部屋に胡坐《あぐら》をかいて、懐ろからさきほどの首を取り出した。持って来た蠟《ろう》燭《そく》に火を点《とも》す。吹き込む風で揺れる火影が首を妖《あや》しく浮かび上がらせる。

男は首を床に置いてから、その周りに七、八枚の紙を並べた。縦長の紙にはそれぞれ名前が書かれていた。

「貴方さまにとっては憎い名のはず。その恨みをしかと思い出されませ」

男は一枚ずつ抓《つま》んでは首の前に差し出した。

それから布に包んで持ち帰った泥土を床に広げた。目の前の首が埋められていた場所の土である。男は首にしっかりと残されている髪を乱暴に一房引き抜くと泥土に混ぜて捏《こ》ねた。水を含んでいるので楽に混ぜ合わすことができる。男の手の中の泥は次第に人の形となった。男は泥の人形の出来を確かめて薄笑いした。首に指を伸ばして歯を摑む。少し力を入れただけで前歯がぐらぐら揺れる。男は一本を抜いた。頑丈な糸切り歯だった。男はそれを人形の腹に埋め込んだ。

「祈禱《きとう》などはしかと知り申さぬが、貴方さまほどの恨みがござれば怨鬼をきっと引き寄せましょう。その恨みを怨鬼に委《ゆだ》ねてお晴らしなされるがよい。都の者どもに貴方さまが味わった地獄を思い知らせてやりましょうぞ」

その言葉と同時に稲妻が光った。間近に落ちたらしく雷音が重なった。床が揺れる。

「どうやら天に通じたと見えますな。天も貴方さまのお苦しみを承知の様子」

男は次々に襲う雷に歓喜の声を発した。

「怨鬼を招いて手前と組めば昔の栄華が貴方さまの手にふたたび戻りますぞ。貴方さまはこの国を支配できたお人。それを妨げた者らはのうのうとして都に暮らしてござる。断じて許してはなりますまい。この泥人形に生命を吹き込み召され。この世を生き地獄としなければ貴方さまの恨みは消えぬはず。冥界《めいかい》より怨鬼を連れて参られよ!」

男は必死で首に願った。

その瞬間、眩《まぶ》しい光が部屋を包んだ。

庭の木を直撃した雷が地を走って部屋に飛び込み暴れ回っているのである。男は目を丸くして見守った。雷は首を粉砕した。骨のかけらが男の頬を傷付けた。

「な、なんと！」

男は粉々になった首を見詰めた。

絶望したその目が床の泥人形に移る。

「お、おお」

泥人形の手足が動いている。男は泥人形を両手で抱え上げた。小さな顔を凝視する。泥人形の目玉がぎろりと左右に動いた。

「そなたは怨鬼であるか？」

男は泥人形に質《ただ》した。

「かつては別の名であったが……今は怨鬼の一人となった」

泥人形は苦しそうな息遣いで応じた。

「なれば今夜より俺の配下となれ」

男は泥人形の腰から下を引き千切った。泥人形は絶叫した。ぼたぼたと黒い血が流れる。

「招《よ》んだのはおまえじゃろうに」

泥人形は腕ばかりを使って逃げようとする。

「足がなくては好きに動けまい。この俺がどこにでも連れて行ってやる。だが、主は俺で貴様は従者だ。それが嫌と言うならこの場で泥に戻してやる。従者となるか？」

動きのままならぬ泥人形を簡単に取り押さえて男は笑った。その指が首を千切ろうとしている。泥人形は悲鳴を発した。

「ま、待て、体を貰《もら》ったばかりで消えるのは堪えがたい。そなたの手助けをしよう」

「働きによっては足も戻してやろう」

男は今度こそ本当の笑いを上げた。

2

都にはそろそろ秋の気配が忍び寄っている。

忠峯は、狭いが手入れの行き届いた庭を懐かしそうに見渡していた。加茂の本家であるこの屋敷を訪れたのは三十五年ぶりくらいのことになる。それまでは忠峯もここに暮らしていた。二度と戻ることはあるまいと覚悟して出た屋敷である。それがこうして秋の柔らかな陽射しを浴びながら色とりどりの花の咲く庭をのんびりと眺めている。忠峯はひさしぶりに人に戻った気がしていた。

「まさしく叔父上《おじうえ》にござるな」

外出から戻った忠行の父の江人《こうじん》が慌ただしく着替えを済ませて飛び込んで来た。

「叔父上はよかろう。そなたの方が儂《わし》より年長。それが嫌で飛び出たようなもの」

冗談だが、半分は本心だった。忠峯の兄の人麻呂が江人の父親である。忠峯が無官のまま葛城山《かつらぎ》で修行に励んでいたときに人麻呂は息子の江人に跡目を譲って隠居した。親子ほども歳の離れた兄の屋敷であったときは遠慮もなかったが、甥《おい》が当主となると肩身が狭い。自然と足が遠のき、屋敷を出る形となった。

術ではだれにも引けを取らぬ自信があった。内心では兄が自分に加茂の跡目を譲ってくれるのではないかと甘く考えていたこともある。跡目が定まっては自分の存在が邪魔になるだけだ。余計な軋轢《あつれき》を生じさせないとも限らない。それが本当の理由である。

「しかし……志摩の浜でこの忠行と巡り合うとは奇縁としか申せませぬの」

江人は素直に再会を喜んでいた。江人もどこかで忠峯の出奔は自分に責めがあるのではと気にしていたのだろう。忠峯は真っ白な頭に変じた江人に屈託のない笑顔で頷いた。三十五年が過ぎれば身内としての温《ぬく》みしか感じない。

「叔父上に謝らなければならぬ」

「なにをだ？」

「加茂の本家を任せられながら陰陽寮《おんみようりよう》にも招かれぬ有様。位も従五位下止まりのままにござる。もしあのときに叔父上が本家を継がれていれば、加茂の名は今頃……」

「今それを言うてどうなる。それに加茂が重く用いられぬのは祖父の代よりのこと。陰陽師など必要とされる世の中ではなくなった」

それに江人も暗い目をして頷いた。

忠峯は傍らに控えている忠行にも目を動かして声を心持ち弱めると、

「だが……面倒なことになったぞ。すでに忠行から耳にしていようが、忠道に新羅の鬼が取り憑いたのは間違いあるまい。検非違使《けびいし》も忠道の行方を必死に追い求めているとか」

「正直言って、どうすればいいのか見当もつき申さぬ。忠行の話では生きて都に潜伏している疑いもあるそうで」

江人は首筋の汗を何度も拭《ぬぐ》った。

「姿を見せぬのは死んだゆえと決め付けてござった。なんで忠道に異国の鬼が……」

「加茂の進退もかかっている。加茂の術を苦々しく見ているお人らも内裏には多い。加茂を捨てた儂が言うのは筋違いかも知れぬが、忠道のことが世間に伝わる前に手を打っておかねば加茂は潰《つぶ》されてしまおう」

「さように……ござるな」

江人は重い溜《た》め息を吐いた。

「我らばかりの始末で片付く問題ではない。鬼に取り憑かれた以上、滅多なことでは正気にも戻せまい。覚悟した方がよい」

「心得てござる。こうなったからには忠道を加茂とは無縁の身とするしか……死んだ者と見做《みな》して忠行を加茂の跡継ぎに。明日にでも内裏にそれを届けましょう。手前は忠道の責めを負って官を退く所存」

「そのように気持ちを定めていたか」

忠峯は辛《つら》い顔ながら安堵《あんど》も見せた。

「それでも足りぬときは忠行を叔父上の養子として引き取ってくださりませ」

江人は忠峯に両手を揃えて頼み込んだ。

「忠行を儂の養子に？」

忠峯は困惑の目で江人を見据えた。

「忠道はすでに娘一人と二人の兵を殺《あや》めてござる。忠行に調べさす前は忠道とてだれぞに殺されたに違いないと見ておりましたに……叔父上までもが鬼の仕業と断じた以上、間違いござるまい。忠道に取り憑いた鬼はさらなる悪事を働くはず。となればどうなるか……今の陰陽寮は本気で鬼の実在など信じておりますまい。政に都合がよいゆえ鬼がこの世に在ると言い触らしておるだけのこと。大水や凶作をすべて政とは無縁の鬼のせいにすることができる。なればこそ加茂も不要と見做されたのでござるよ」

「鬼ではなく忠道のせいだと言い張るということか？」

忠峯は唸《うな》った。ありそうなことだ。

「手前の退官ぐらいで許されるものかどうか。忠行の加茂の継承とて認めてくれぬかも知れぬ。そうなれば由緒ある加茂が手前の代で断絶の憂き目に……その前に忠行を叔父上の養子と成して傍流とすれば責めから遠ざかることができ申そう。今のうちなら忠道の一件も気鬱《きうつ》の高じたものと処理することができる。しかし、これ以上の悪事が伝われば、たとえ跡目を継いだとて忠行の先行きは……」

「知れておるな」

忠峯も大きく頷いた。罷免されて内裏とは無縁の者とされてしまう。

「早いうちに忠道を捜し当てて鬼を封じることができればいいのだが……どういうわけか、すっかり姿をくらませてしまった。まだ都に足を踏み入れておらぬのかも。鄙《ひな》でのことは伝わるのに間がある。確かに楽観はできぬ」

言って忠峯は忠行を見やった。

「そなたのことだ。そなたが決めろ」

「養子に受け入れてくださりますか？」

「是非もない。ただし儂の養子となっては内裏と無縁になる」

「兄のことが片付かぬ限り、どうせ加茂は疎んじられまする。むしろ内裏と無縁の身の方が好きに動けましょう。ここで跡目を継いではは内裏にいちいち縛られるだけ」

忠行の心は定まっていた。忠峯の術の凄《すご》さを見せられて、そうでなくても弟子入りを懇願しようとしていたのである。

「ではそのように内裏に届け出る」

江人は吐息を一つしてから言った。自分の退官と忠道の廃嫡も願うつもりなので加茂の正統はここで途絶えることとなる。

「地方官しか任じられぬ加茂では潰したところで大差ござるまい。儂の退官など内裏の記録にもとどめられぬはず」

江人は強がりを言って笑った。

「しかし……儂は死んだことになっておるのではないのか？」

忠峯の方が案じた。

「ご安心を。叔父上の消息はそれとなく耳にしてござった。その旨、届けており申す。養子縁組になんの支障もありませぬ」

江人も請け合って、

「住まいもこの屋敷に。手前は隠居。祈禱《きとう》の祭壇もそのままにしてござる」

「ありがたい話だが、やはり別の館を捜そう」

忠峯は丁重に断わった。隠れ陰陽師として人の先行きを見たり祈禱をして古い屋敷の一つや二つを買うだけの銭は貯めている。

「この屋敷とは反対のところに屋敷を見付けよう。都に隔たった二つの拠点があれば鬼捜しにも都合がいい。噂を掻《か》き集める小者も雇わねばならんな。検非違使が摑《つか》まえる前になんとしても忠道を我らの手で」

忠峯に江人と忠行は頷いた。

「そなたが養子となって共に暮らすようになれば香夜が喜ぼう。人嫌いと思っていたが、そなた一人は別のようだ」

照れた忠行に忠峯はくすくすと笑った。

3

十月に入れば都は冷えがめっきりと厳しさを増す。朝には霜が白く土を染める時節となった。こんなときに深更まで酒を飲んで遊んで居るのは公卿《くぎょう》ばかりだ。寒さに震えながら月見の宴を催し、歌会を開いては夜の退屈を紛らわしている。今年の凶作も公卿には無縁である。民の苦しみなど公卿の耳には届かない。

今夜もそうしてのんびりと牛車《ぎっしゃ》に揺られながらほろ酔い気分で屋敷に戻る公卿があった。正四位を授かり、参議として内裏に少なからぬ権勢を奮っている藤原菅根《すがね》であった。前と後ろに八人の従者が並ぶ大きな牛車の中からはさきほどから淫靡《いんび》な声が洩《も》れている。牛車の中は寒い。行き帰りの寒さ凌《しの》ぎに菅根は二人の女を同乗させていた。こうすれば体がくっついて自然と暖まる。儒家上がりでありながら菅根の好色は内裏中に広まっている。

「歌会など退屈でいかんの。どれもこれも下手な歌ばかり。車宿で待っているそなたらのことばかり思うていたぞ。思い出せば体がほてって寒さも忘れる。この指が知らずにそなたらのここをまさぐる形となっていたわ」

菅根は帯を解いて胸元を開けている一人の女に腕を深く差し入れて引き寄せた。口を吸いながら腕を下まで伸ばす。女は誘うように脚を広げた。指が柔らかな毛に触れる。さらに探ると固い花芯《かしん》に指の腹が当たる。女は甘い声を発して腿《もも》を合わせる。菅根は手の甲でぐいとこじ開けると親指で花芯を揉《も》みながら二本の指を秘処に潜らせた。女ばかりか菅根の息も荒くなる。もう一人の女も気をそそられたようで菅根の股間《こかん》に細い指を這《は》わせた。

「これ……急《せ》くな。ここで出しては屋敷に戻ってからの楽しみがなくなるぞ。儂ももう歳じゃ。続けてはできぬ。ほんの座興ぞな」

それでも菅根は嬉《うれ》しそうに女に任せていた。男根が徐々に膨らんで行く。女は狩衣《かりぎぬ》の脇から腕を入れて菅根の男根を握った。亀頭の先を指で軽くこする。ざわざわとした快感が菅根を包む。菅根は直ぐにでも女の体に男根を入れてやりたくなった。しかしさすがに町中である。真夜中とは言え検非違使の見回りもある。そこを堪えるのがまた面白い。

従者たちとて中でなにがはじまっているのか知っているはずである。女たちの高ぶりもそこにあるようだった。前をたくし上げて白い脚を菅根に見せつける。菅根は懐ろに差し込んでいた腕を引き抜き、前から存分にいじくった。指がどろどろに濡《ぬ》れる。屋敷ではこれほどに女も燃えることがない。菅根の首筋から汗の湯気が上がった。暑くて衣など脱ぎ捨ててしまいたくなるくらいだ。女の腰が菅根の指の動きに合わせて揺れはじめた。牛車はぎしぎしと音を立てた。

「皆が笑っていようぞ。欲しいのは分かるが、我慢いたせ」

だが女たちは夢中で声も高くなる。

そこに折よく雷雨がはじまった。よほど激しいようで従者たちが慌てている。小窓の御《み》簾《す》から青い光が見える。いつもは雷を怖がる女たちだったが、今夜は違った。ごろごろと鳴る雷に重ねて、耐えていた声を洩らす。

菅根も女の突き出した尻《しり》に顔を埋めた。舌が秘処をぴたりと塞《ふさ》ぐ。舌を使っては女の蜜《みつ》を啜《すす》る。いつの間にか勃起《ぼっき》した男根はもう一人がくわえ込んでいた。熱い舌の感触が菅根を陶酔に誘う。この激しい雷雨の中では遠慮が要らない。くわえていた女の口から無理に男根を外させて菅根は目の前の尻を自分の腰にあてがった。なんの抵抗もなく男根は秘処に突き刺さる。まさに突き刺さるという感触だった。こんなに固くなっているのはひさしぶりだ。女は背中を反らせて歓喜の呻《うめ》きを発した。女の汗と蜜が一緒になって菅根の腿を濡らす。どどーん、と雷が落ちて牛車を揺らした。菅根はどくどくと女の中に射精した。

〈ん？……〉

女の腰を後ろからしっかりと抱えて放出した菅根は快感と疲れの両方を覚えながら、ぼんやりと顔を上げた。牛車の動きが止まっている。揺らしているのは激しい雷雨だけであった。御簾からは青白い雷光が差し込んで恍惚《こうこつ》とした女の顔を照らしている。相手にされなかったもう一人の女が未練がましく菅根の首に腕を巻き付けて甘え声を立てた。

「なにをしておるのじゃ！」

女に小さく頷《うなず》きつつ菅根は外の従者たちに叫んだ。まだまだ屋敷は遠い。

雷雨で届かなかったのか返事はない。

「なにかあったのか？」

菅根は正面の小窓から外を覗《のぞ》いた。真っ暗でなにも見えない。従者たちは松明《たいまつ》を手にしていたはずなのに、この雨と風とで吹き消されてしまったらしい。

女たちは体に火をつけられてしまったようで、外など気にせず菅根に取りすがる。

「ええい、うるさい！」

菅根は二人を邪険に払うと帯を結んだ。なにかおかしい。あまりの大降りに雨宿りしているにしても一人は牛番に居残っているに違いない。菅根は正面の蔀戸《しとみど》を撥《は》ね上げて様子を探った。女たちも頭を下げて隙間から覗く。

雨が道を川のようにしている。牛が不安そうに菅根の方を振り向いた。やはり従者はだれ一人居なくなっている。

「だれぞあるか！」

蔀戸で雨を防ぎながら菅根は声を張り上げた。菅根の叫びは震えていた。横殴りの雨が顔を叩《たた》く。わずかの間で菅根の衣がずぶ濡れとなった。稲光が続く。その明かりで菅根は四方を見回す。真正面から牛車に近付いて来る男を菅根は認めた。安堵《あんど》の息が洩れる。

「なにをしておった！」

菅根は怒鳴りつけた。稲光が消えると男の姿も見えなくなる。また真昼の明るさとなる。

一瞬のうちに男は牛の傍らに立っていた。

「他の者らはどこに行った！」

「地獄でござるよ」

男の声がはっきりと聞こえた。菅根はぎょっとして男を見詰めた。見たことのない顔だった。ふたたび顔が闇に隠された。

「うぬは……何者であるか！」

菅根は恐れを押し殺して喚《わめ》いた。闇に男の動く気配がする。牛車が大きく揺れた。屋根がみしみしと音を立てた。男が車輪に足をかけて登ったとしか思えない。どすんと尻を置く気配が伝わった。女たちは菅根に身を寄せた。男が体を揺すらせる。牛車も右に左にと揺れた。菅根は動転した。

「儂《わし》を参議の藤原菅根と知っての狼藉《ろうぜき》か！」

それに屋根の男は高笑いした。

「名を名乗れ！　ただでは済まんぞ」

「早く逃げねば雷が罰を下すぞ。天はうぬを許さぬ。牛車ごと焼き殺す」

女たちは悲鳴を発した。襟を掻《か》き合わせて牛車から飛び出そうとする。

「出るな！　誘いじゃ。出るでない」

菅根は女たちの衣を摑んだ。女の一人が裾《すそ》を摑まれたせいで頭から転げる。そのまま蔀戸を破って牛車から落ちた。

「もはや間に合わぬの」

屋根の男は笑いを発して飛び下りた。菅根は眩《まぶ》しい光に包まれた。同時に体を無数の針で突き刺されたような衝撃に襲われた。髪の毛が逆立つ。牛車の御簾《みす》から火が吹き込んできた。牛車がどーんと持ち上がる。すべては一瞬のことだった。男の言った通り牛車を雷が直撃したのである。燃える炎に包まれながら菅根は女を押し退けると外に逃れた。菅根の腕や足から、白い煙がぶすぶすと噴き上がっている。女が続いて出て来た、女の長い髪の燃える嫌な臭いが菅根の鼻を衝《つ》く。牛が暴れている。牛は燃える牛車から離れようと必死だった。

燃える牛車が暴れ回る牛によって前に曳《ひ》かれた。女の絶叫が響き渡った。地面に転がっていた女が小屋ほども重い牛車によって轢《ひ》かれたのだ。片方の車輪が女の体で持ち上がった。牛車はゆっくりと横転した。引き手に繋《つな》がれていた牛も泥の道に叩きつけられる。輿《こし》の部分が炎の粉を舞い散らして崩れた。牛の体を炎が覆う。菅根は混濁する意識の中でその地獄図を見守っていた。女二人の姿は見えない。恐らく高く燃え上がっている炎に包まれているのであろう。菅根の体からも白い煙が激しく噴き出している。

ふらふらと菅根は倒れた。冷たい泥水が焼け爛《ただ》れた皮膚に心地好い。

びちゃびちゃと泥水を踏んで近付く足音が聞こえた。屋根から飛び下りた男のものだろう。菅根は弱々しく腕を伸ばして救いを求めた。その腕が無慈悲に踏み付けられた。

「雷に打たれても直ぐに死なぬとは……呆《あき》れた執念だな。しかし……助からぬ」

男は低い声で笑った。

菅根は口をもぐもぐさせた。舌が焼けてしまったらしく声にはならない。

「なぜ天罰が下ったか、わざわざ俺が言わずとも己れが承知のはず。当座は寂しかろうが、直ぐに仲間が増える。地獄の業火に耐えながらそれを待て。藤原時平《ときひら》が行くまでに少しでも地獄を住みやすくしておくのだな」

菅根は焦げた顔を上げて男の顔を確かめた。しかし、見知らぬ男であった。菅根の目から涙が溢《あふ》れた。

「殿！　いかがなされました！」

何人かが松明を手に雨の中を駆けて来る。菅根は喜びの顔となった。そして果てた。

男は鼻で笑って死骸《しがい》を蹴《け》った。

「貴様、何者じゃ！」

五、六人が男を囲んだ。その足元に転がっている焦げた体が主人の菅根のものと知って従者たちは仰天した。なんでこうなったのか分からない。激しい雨に逆らいながら道を歩いているうちに牛と牛車が消えているのに気付いて慌てて戻ったのである。まるで狐に化かされたような気分だ。

「これは、どこのどなたであるか？」

男は松明を手にしている従者に質《ただ》した。

「雷に打たれて燃え上がっている牛車を見付けて駆けて参ったが、遅かった。問い質したものの舌が焼けて口も利くことができぬ様子。たった今果ててしまわれた」

げっ、と絶句して二人が菅根の死骸に駆け寄った。残りの従者たちも覗き込む。

「そなたらは従者か？」

男に睨《にら》み付けられて従者たちは頷《うなず》いた。あまりの有様に震えが止まらない。

「それならなんで主人の側から離れた。雷に怯《おび》えて逃げ出したようだな」

「決して……我らはずっとお側に居るものとばかり。いつの間にか先の道を歩いていたのでござる。こんな馬鹿なことが……」

「あるはずがない！　雷雨に気を取られておったのだろう。この愚か者めが！」

男の一喝に従者たちは縮み上がった。

「そなたらほどの数を従えておるのを見れば名のあるお方に相違ない」

「参議の藤原菅根さまにござります」

従者たちは泥道に平伏して男に伝えた。

「即刻に内裏にご報告いたせ！　私は燃え盛る牛車の炎しか見なんだが、うぬらの言葉がまことであればいかにも不思議。もしかして怨霊《おんりよう》の仕業かも知れん」

「怨霊！」

従者たちは顔を見合わせた。

「そう言えば牛車の真上に雷を孕《はら》んだ真っ黒な雲が浮かんでいたような……」

従者たちは空を見上げた。

「私は多少その道に心得がある」

男は言って大きな吐息を吐いた。

4

参議藤原菅根の落雷による突然の死は内裏に恐れをもたらした。落雷そのものは珍しくもない。大臣などの用いる牛車はきらびやかな金具で飾られているゆえ雷を招くことも多い。不幸にもそれが重なっただけとも言える。しかし、今度の場合、偶然の事故とは思えぬことがあったのである。道を川に変えるほどの激しい雷雨が、菅根の亡くなった辺りにしか襲っていなかったという事実だ。道一つ離れたところでは月見さえ楽しんでいた者もある。都の西と東で天気の異なることはあるにしても、通り一つでどしゃ降りと晴れに分かれるなど聞いたことがない。たまたまその場に居合わせた者の言によれば牛車の真上に真っ黒な雲が認められたらしい。怨霊の仕業ではないかという噂が翌日のうちには内裏中に広まっていた。

「聞いた通りのことである」

左大臣藤原時平は急遽《きゅうきょ》開かれた朝議の席で、式部権大輔《しきぶのごんたいふ》を勤める三善清行《みよしきよゆき》に質した。参議以上の朝議であるから式部権大輔の職に就いている清行は加われないはずなのだが、清行は暦学と陰陽道《おんみょうどう》に詳しい学者として朝廷内にその存在が知られている。自身にも関わりがありそうな怨霊なので時平は陰陽寮《りょう》に命じて噂をさらに大きくしてしまう前に清行を招いて判断を仰ぐこととしたのだ。

「今の話ばかりではなんとも言えませぬな」

清行は慎重に応じた。六十一歳の清行から見れば三十八歳の時平はまだ若い。結論を急ぎたがる。

「第一、あのお人の怨霊と認めるなど……」

清行は言って朝議の席を見渡した。いずれもが目を伏せて気まずい顔をしている。

「仮に真実であったとしても、できぬことにござりましょう。それに頷けば内裏の根底が揺らぎ申す」

大きく時平は首を縦に振った。

「ここはただの変死で押し通すしかありますまい。陰陽寮に調べを命ずることもお慎みなされた方が……どうせ暦学を専らとする者が大半。怨霊封じの祈禱《きとう》は無理と思いまする」

「しかし……放って置いて構わぬものか？」

時平は案じた様子で膝《ひざ》を進めた。

「変死と片付けるに異論はないが、調べもせずに捨て置くのは穏やかでない。二年前にも内裏の大屋根の上に怪しい黒雲が舞い降りた。今年の凶作と疫病とて、あの者の怨霊のせいだと巷《ちまた》では騒いでおるらしい。真実であるなら、あの者の狙いは……」

時平は口を噤《つぐ》んだ。自分たちにある、と口にすれば今にも怨霊がこの場に現われて来そうな気がする。他の者たちも吐息した。

「それを申すなら手前とて。あのお人にはずいぶんお世話になりながら、辞任を勧め、お帝にもあのお人の害を説いてござる」

清行は怯えも見せずに笑って、

「なにゆえ五年も過ぎてから菅原道真《みちざね》さまが怨霊となって都へ戻られたか」

はっきり名を口にすると皆は耳を塞《ふさ》いだ。

「まずそこから探らねば怨霊は退治できませぬぞ。正体も知らずして祈禱など通じるものでは……陰陽寮では無理と申し上げたのもそこにござる。調べをせぬとは言うておりませぬ。ここは手前にお任せあれ。内裏とは無縁に裏を探り、真実を突き止めてご覧に入れましょう。時平さまは気になされず、どっしりと構えておられればよろしい」

「弓削是雄《ゆげのこれお》が内裏に在ればの」

時平はかつての陰陽寮の頭であった弓削是雄のことを思い浮かべた。早くに官を退いて野に下ったが、まさに怨霊や鬼を封じる力を持っていた男であった。それ以来、噂一つ聞かない。蝦夷《えぞ》の国に暮らしているとも聞くが確かではなかった。

「弓削是雄も手前と変わらぬ老齢。当てにはできますまい」

あっさりと清行は一蹴《いっしゅう》した。


上機嫌で屋敷に戻った清行は長男の文江《ぶんこう》を部屋に呼び寄せた。文江は文章博士として内裏に出仕している。

「朝議に招じられたそうにござりますな」

文江は清行の上機嫌がなによるものか理解できずに質した。

「左大臣は今度の一件をすべて儂《わし》に任せると言うた。陰陽寮など当てにできぬと悟ったらしい。列席の皆が青ざめた顔をしていたわ。いずれも道真どの追い落としに加わって今の地位を得た者。菅根どのの恐ろしき死に様を耳にしては、あの怯えも当たり前。儂がちらりと道真どのの名を口にしただけで縮み上がった。あれで政を行なっている。なんとも情けない内裏ではないか」

清行は高笑いして文江に酒を勧めた。

「本来なら儂が一番の功労者であるぞ。儂の進言によりお帝《みかど》が道真どのを身辺から遠ざけたゆえ追い落としがすんなりと運んだ。お帝のご信任が篤ければ、いかに時平どのが邪魔に思うたとて大宰府に左遷はされなかったはず。お帝が許しはしない。我が一族が百済《くだら》より帰化した者でなければ、儂とて大納言程度にはなっていたであろう。ろくな働きをせなんだ者らが参議として幅を利かせておる」

清行は言って頰を痙攣《けいれん》させた。

「そなたは親の目から見ても当代一の学識。しかし、文章博士ではなんの力もない。儂がなれなかった参議には進んで貰《もら》わんとな」

「手前は今のままで満足しております」

文江はなにやら恐ろしさを感じて言葉少なになった。

「そなたはなにもせずともよい。儂が道をつけてやる。今度のことは天の助けだ。道真どのの怨霊が内裏や都を暴れ回れば、そのたびに儂が時平どのから頼りとされる。まったくありがたい死に様をしてくれたものよ。菅根どのにはあの世で礼を言わねばなるまい」

「やはり怨霊の仕業で？」

「どうかの。怨霊であるなら恨みをしかと口にしそうなものだが、従者らは一人としてそれを耳にしておらぬ。いかにも不審と見えるが、たまたまの落雷と儂は考えておる」

「それで左大臣さまも安堵《あんど》召されて親父どのに調べをお命じになられたのでござるな」

「反対じゃ。断言はせぬが、かも知れぬと言うてやった。なれど陰陽寮に任せてはことが大きくなる。それが駆け引きと言うものぞ。時平どのも頷いて儂にすべてを……」

得意そうに清行は打ち明けた。

「幸い弓削是雄は都におらぬ。儂の好き勝手にやれるということじゃ。まこと道真どのの怨霊の仕業であるならそれもよし。でないときは儂が道真どのの代わりとなって少し内裏を脅かしてやろう」

「なんと申されます！」

文江は仰天した。

「変異を見せて驚かすだけじゃ。内裏は近頃、気が緩んでおる。巷は凶作で難儀しておると申すに歌会じゃ月見じゃと浮かれてばかり。怨霊騒ぎはよい薬となろう。今の内裏の様子を見ては道真どのの怨霊が出現しても不思議ではない。今後のためでもある」

「それは……その通りやも知れませぬが、もし発覚いたせばただでは済みませぬ」

「なぜ発覚いたす。調べを預かっておるのはこの儂なのじゃぞ。案じるな。日蔵《にちぞう》はかつての弓削是雄に優るとも劣らぬ術士。あの者の力を借りればだれしもがまことの怨霊の仕業と思う。危うくなったときはほどほどで手を引く。そなたはのんびり眺めていればいい」

清行は自信たっぷりに言った。日蔵は三善の一族に連なる者で、百済に伝わる術を心得ている。腕を持ちながら清行と同様、内裏から重く扱われていない。本来なら陰陽寮の頭に迎えられてもおかしくない才能だ。

「いよいよ運が我らに向いて参った」

清行は文江の心配をよそに笑いを浮かべた。

5

「日蔵か。入れ」

真夜中に関わらず清行は待ち兼ねた様子で日蔵を部屋に招き入れた。

「修行の途中ゆえ、かようなむさ苦しい姿で失礼申し上げます」

日蔵は伸び放題の髪と髯《ひげ》を気にしていた。緊急の呼び出しで、そのまま駆け付けたのだ。

「構わぬ。今夜でなければ一日を無駄にする。達者のようであるの」

「参議藤原菅根さまのことでござりますか」

「なぜ分かる」

「これほど悪い噂が広まれば……道真公の怨霊《おんりよう》によって命を失ったと皆が騒いでおります」

日蔵は薄笑いを見せた。三十をわずかに過ぎたばかりだが、厳しい修行のせいでやつれ果て、歳より遥《はる》かにふけて見える。だが厳しい目は常人のものではない。

「菅根どのの評判は悪かった。好色ぶりが都中に伝わっておった。ただの落雷ではなく怨霊の仕業と民らも信じたいのじゃろう。天罰がなくては腹立ちが治まらぬ」

「清行さまは信じておられぬので？」

日蔵はにやにやとした。

「法皇さまが道真どのの苦境をお知りになられて内裏に駆け付け召されたとき、菅根どのがお帝に取り次いでおれば道真どのの左遷はその場で取り消されていたはず。いかに左大臣の命令であったとは申せ、菅根どのもよく法皇さまを門前で退けたものよ。道真どのの恨みが菅根どのに向けられて当たり前。とは言うものの、道真どのが大宰府で亡くなって五年が過ぎている。そこが解せぬ。恨みは死んだ直後が一番強い。そのときに現われなかったものが、なにゆえ今になって……いかにも不審な落雷ではあるが、道真どのの怨霊とは思えぬの。たまたまの重なりと見た」

「さて、いかがでありましょうか」

日蔵の薄笑いは止まない。

「儂は信じておらぬが、道真どのの怨霊の仕業と左大臣らが信ずることはありがたい。怨霊は滅多な者に扱えぬ。それで儂が朝議に招かれた。胸に覚えのある者らの恐れは相当なものであったぞ。次は己れに降り懸かるのではないかと身を縮めておった」

「それは面白し」

日蔵は肩を揺すらせた。

「今後も頻繁に朝議に招かれるであろう。今の内裏で頼りになるのは儂一人。三善の一族が重く用いられる絶好の機会が到来した」

「御意」

「そなたが道真どのの怨霊を見事に退治いたせば必ず陰陽寮《おんみようりよう》の頭には迎えられよう。儂や倅《せがれ》とて階位が引き上げられる」

「怨霊を信じておられぬのでは？」

「居なければそなたが出現させればよい」

「なるほど、そういうお話にございますか」

日蔵は大きく頷《うなず》いた。

「騒ぎが大きくなればなるほど功績も認められる。都をそなたの力で闇の支配するところと化せ。まずはそれが先じゃ。内裏に怯《おび》えが強まってからそなたを推挙する。今度の一件、儂にすべてが委《ゆだ》ねられた。思うがままに仕組むことができる。どうせなにもできまいが陰陽寮も無縁とした。左大臣も陰陽寮を用いてはまさかのときに自分に責めが及ぶと見て頷いた。はっきり道真どのの怨霊の仕業と内裏の中で口にされればまずかろう。巷《ちまた》の噂とはわけが違う。記録にも残される」

「では、当分は得体の知れぬ鬼などの仕業と思わせるのがよろしいのでございますな」

「そなたの術ならたやすきことであろう」

「陰陽寮は気にもなりませぬが……」

「弓削是雄はおらぬ」

「加茂忠峯が都に舞い戻ったという噂を」

「何者だ？　聞かぬ名じゃ」

「会ったことはありませぬが、ただならぬ腕の持ち主と評判にござります」

日蔵ははじめて不安の顔をした。

「加茂を名乗るからには加茂江人の縁続きか」

清行は侮った顔で日蔵に質《ただ》した。

「と思われます。ちらりと耳にしたところでは加茂江人の父親の弟であったような」

「となると人麻呂の弟か」

清行は小馬鹿にした笑いを見せて、

「人麻呂は血筋ばかりを頼りとして生き延びて参った男。その弟であれば知れておる。腕が上なら人麻呂を退けて加茂を継いでいたはず。陰陽寮も人麻呂の時から力を当てにしなくなった。加茂の名など今ではだれも口にすまい。第一、人麻呂の弟となると七十過ぎになるのではないか？」

「そこまでは手前も……ただ並々ならぬ術士との噂を。駿河《するが》辺りで隠れ陰陽師をしていたとも聞いておりまする」

「隠れ陰陽師には術ではなくまやかしを用いる者が多い。あらかじめ組んでいた者の病いを治して見せたり、適当に式盤を操って、もっともらしい占いを口にしたりな。田舎者程度はいくらでも騙《だま》せよう。加茂の名を口にして人を誑《たぶら》かしているだけではないのか？」

「かも知れませぬ」

「儂《わし》が初耳ということは、都にずっとおらなんだということであろう。本当に腕があるなら都の方が銭儲《ぜにもう》けになる。年老いて都に死に場所を求めただけに過ぎまい」

「であればよろしいのですが」

日蔵は頷きつつも眉《まゆ》をしかめた。同業の中での噂なので簡単に否定できない。

「住まいはどこじゃ？」

「そこまではまだ。その気になれば明日にでも突き止めることができ申す」

「気になるなら先に片付けよ。加茂はどうせ邪魔となる。弓削是雄のおらぬ今、内裏が次に声をかけるとすれば加茂しかなかろう。もっとも……加茂と申せば妙な噂を聞いたな」

清行は顎《あご》に指を当てて考え込んだ。

「どこぞの鄙《ひな》で何人かの者が殺され、その調べに出向いた者がさらに人を殺《あや》めて逃げたとか。それが加茂に繋《つな》がる者であったような気がする。確かではないが、二月や前のことだ。検非違使《けびいし》が行方を捜しておる」

「まさか加茂ではありますまい」

日蔵は苦笑いした。

「いや、そう聞いたぞ」

清行の記憶が戻った。

「加茂も落ちぶれたものじゃと思った。検非違使に問い合わせればはっきりといたそう」

「片付けよと申されましたが……」

日蔵は忠峯のことで念押しした。

「ご迷惑とはなりませぬので？」

「隠れ陰陽師の一人や二人、なんとでもなる。ただし、そなたが見極めて、うるさくなりそうな者と見定めてからにしろ。力を失ったと言うても加茂の名はまだまだ内裏に残されておる。どういう付き合いがあるか分からぬでな。さもないときは捨て置くがいい」

日蔵は頷いた。

「頃合もいい。夏からの疫病と凶作が重なって世間は道真どのの祟《たた》りと信じはじめている。なにをしたとて結び付けよう。派手に暴れろ。人を使う銭も与える。倅の文江は気が進まんようじゃが、はじまってしまえば諦める」

「まことの怨霊のようにも思えます」

日蔵は真面目な顔で言った。

「従者らはことごとく無事であったとか。落雷が牛車を襲った瞬間も見ておらぬ様子。そんなことがありましょうか？　何者かに導かれて牛車から離されたとしか……」

「責めを逃れんとしての虚言《そらごと》と見たが……いかにも無事に済んだは奇妙。それもそなたが調べてくれ。そなたの腕が頼りじゃ」

「人が死にますぞ」

日蔵は冷たい顔で口にした。

「でなければ祟りなど信じますまい」

「存分にやれ。そのつもりでそなたを呼んだ」

清行はあっさりと許した。

6

都の万里小路《までのこうじ》と樋口《ひぐち》小路が交わる辺りは古い空き屋敷の目立つ一画で日中でも人通りが少ない。都を造営した当初は華麗な町並みだったと聞くが、屋敷の当主たちが内裏の行き帰りの難儀を嫌って櫛《くし》の歯が抜けるように次々と捨てて出て行ったのである。その後は下級官吏の持ち家となったり、田舎の豪族の宿舎にあてがわれたりしたものの、結局は遠さが祟って、また空き家となる。その繰り返しが三、四十年続くと、もはや人が住めなくなる。庭は荒れ果て、大屋根には穴が開き、土塀は半分が土に戻っている。鬼館《おにやかた》、蜘蛛《くも》屋敷、老婆御殿、長髪屋敷などと、なにやらいわくありげな名で呼ばれている朽ち果てた屋敷もある。何物も恐れぬ野盗らでさえ、この辺りには足を踏み込まないと言われているほどだ。

その中の一つ、蜘蛛屋敷と忌み嫌われる館に近頃深更となると小さな灯明が点《とも》されるようになった。と言っても館の奥まった一室のことなので外にまでは明かりが洩《も》れていない。

蜘蛛屋敷と人から恐れられる理由は、まさに館内に棲息《せいそく》する無数の大蜘蛛にあった。至る所に大きな蜘蛛の巣を張り巡らし、屋敷中を徘徊《はいかい》している。ぼってりと膨らんだ腹に太い黄色の縞《しま》模様をもつそれは、一匹でも気味が悪い。二十、三十と重なって部屋の片隅などに群がっている姿を見れば豪胆な者でも腰が引ける。たとえ不審の声や灯《あか》りを垣間見《かいまみ》たとて、確かめる勇気のある者は滅多に居ないはずである。

忠道がここを隠れ家に選んだのはそういう噂を昔から耳にしていたからだった。

寒風の吹きすさぶ部屋の真ん中に胡坐《あぐら》をかいて忠道は酒を食らっていた。目の前にはさらって来た娘が後ろ手にされて全裸で転がっている。娘の口にはさるぐつわがしっかりとされている。この真夜中に騒がれては具合が悪い。娘は顔の辺りを蠢《うごめ》く蜘蛛に怯えて気を失っていた。が、その埃《ほこり》で汚れた頬には涙の痕跡《こんせき》が見られる。連れ込まれて直ぐに忠道に犯された。そのときに流した涙の跡だった。

忠道は刀を手にして、鞘《さや》の方で娘の両足を大きく広げた。秘処が丸見えとなる。

「またやるのか」

床に置かれていた腰から上だけの泥人形が呆《あき》れた口調で言った。

「おまえも好き者じゃの。毎夜毎夜女をさらって来てはいたぶるばかり。床下の死骸《しがい》の臭いがそのうち辺りに伝わるぞ。せっかくの隠れ家じゃ。まぁ、儂《わし》はどうでも構わぬが」

「怨鬼《えんき》であるならもっと派手に暴れろ」

忠道は泥人形を睨《にら》み付けた。

「わざわざ大宰府まで出向いたと言うに、雷を呼ぶだけか。当てが外れた」

「無理を言うな。足がなくては好きに動けぬ」

「うぬはわざと力のないふりをしていよう」

「なにを言う。手助けを惜しんではおらぬ」

「足をくっつけて貰《もら》うまで待つつもりだな」

「そなたとて動けないでは力を出せまい。いい加減に儂を信じたらどうだ。儂とて恨みを晴らしたい」

「貴様、道真公ではあるまい。道真公の怨念《おんねん》が貴様を地獄より呼び寄せただけ」

「だが、呼んだ者の恨みは晴らす。それが儂の務めじゃからの」

「この国の者らは間抜け揃いだ」

不愉快そうに忠道は酒をあおった。あの変事を利用しようと考えたのだが一向に乗って来ない。頼みごとがあるときは東市の高札場に日時と場所を示すようにと菅根の従者たちに言い聞かせたのだが、いまだにその連絡がないのである。そうして内裏に食い込む腹づもりが見事に外れた。内裏の連中はただ怯《おび》えてばかり居るのだろう。

「こんな女では詰まらん。姫が抱きたい」

忠道は鞘の先を娘の秘処にぐいと押し込んだ。娘は痛みに目を開いた。忠道の薄笑いを認めて娘は暴れはじめた。

「騒ぐな。動けばまたぐらが裂けるぞ」

忠道は鞘を持つ左手を揺すった。挿入された鞘の痛みに娘は足を広げたままおとなしくなった。嗚咽《おえつ》している。

「ほれ。可愛がって貰え」

忠道は灯りに誘われて出て来た大蜘蛛を二匹摑《つか》むと鞘の上に乗せた。鞘を傾けると大蜘蛛はゆっくり前に進む。娘は顔を上げて目を円くした。額に汗が噴き出る。大蜘蛛が娘の秘処を目指しているのである。娘の体は強張《こわば》った。腰を小さく動かして鞘の上の大蜘蛛を振り落とそうとするが無理だった。大蜘蛛は娘の柔毛に達した。しばらくじっとしている。

娘の蜜《みつ》の匂いを嗅《か》ぎ取ったようで脚を細かく動かす。それが娘の花芯《かしん》に触れた。娘はびくんと腰を上下させた。もう一匹が花弁を探るように潜り込む。娘の目からぼろぼろと涙が溢《あふ》れた。恐怖と痒《かゆ》さと恍惚《こうこつ》の混じり合った涙だった。大蜘蛛は固く膨らんでいく花芯の真上に乗って動き回った。大蜘蛛の腹には細かな毛がみっしりと生えている。それがくすぐるのだから堪《たま》らない。意思に反して娘の中から蜜がじゅくじゅくと湧いた。もう一匹は尻の隙間に入って蠢いている。鞘をくわえこむように娘の花弁がびくびく痙攣《けいれん》した。

「欲しいか？」

にじり寄って忠道は娘の顔を覗《のぞ》いた。娘は激しく顔を横に振った。

「下賤《げせん》の娘にしては感心だな。男を知らぬ体ではなかったぞ」

忠道は別の大蜘蛛を手にすると、ぴんと立っている乳首すれすれにかざした。大蜘蛛も逃げようとして暴れる。何本もの脚が乳首に触れてはまさぐる。娘は上体を反らせた。必死で快楽に耐えていた。やがて娘は顔を忠道に向けて懇願した。その目には諦めが浮かんでいる。びくん、びくんと腰が撥《は》ね上がる。花芯を大蜘蛛がいたずらしているらしい。

「欲しければ顎《あご》を引いて示せ」

こっくりと娘は顎を動かした。泣き顔から蕩《とろ》け顔に変わっていた。腰の動きも滑らかになっている。疼《うず》いて仕方がないと見える。

忠道は腰の紐《ひも》を解いて娘に覆い被《かぶ》さった。邪魔な大蜘蛛を乱暴に放り投げる。娘は歓喜の呻《うめ》きを発して足を大きく広げた。忠道は男根をしごいてそそり立たせた。娘の目が男根に向けられている。

「いいことを思い付いた」

忠道は床に転がって見ていた泥人形に言った。泥人形は退屈そうにしている。

「床下の死骸をばらばらにして羅城門の門前に撒《ま》き散らして参る。民らは道真公の怨霊《おんりょう》の仕業と見て恐れおののくに違いない」

「そなたは検非違使《けびいし》に追われているのではなかったか？　羅城門には門番もおる」

「俺でなければ心配ない」

忠道は娘の秘処を男根で深々と貫いた。娘は自分から腰を使ってくる。忠道はしばらく娘の好きにさせた。酷《ひど》い寒さのはずなのに娘の体から汗が湯気となって立ち上がる。腕を後ろに縛られているせいで娘の腰が浮いている。それで逆に腰が使いやすい。忠道の押し込んでいる亀頭《きとう》の先が子宮の頭に触れて心地好い。忠道は娘の腕の縄を解いてやった。娘は忠道をきつく抱き締めた。喘《あえ》ぎが鼻の穴から洩れる。まだまだ気の高ぶりには至らなかったが、忠道は念を一つにして娘の中に放出した。娘はそれを察して不満の表情を見せた。忠道は娘に重なったまましばらくぐったりとしていた。反対に娘の目玉に光が移った。

娘は半身を起こした。忠道は放心状態になっている。娘は自分でさるぐつわを外すと、忠道の腕を縛りにかかった。

「なるほど、娘の姿なら門番らも油断する」

泥人形はくすくすと笑った。

「留守の間にこの男に逃げられては厄介。柱にでも縛り付けておかねばな」

全裸の娘は忠道を見下ろして哄笑《こうしょう》した。

7

真夜中に荷車の車輪の音を響かせて娘は羅城門を目指した。かつては蝦夷《えぞ》封《ふう》じの城門として重大な役目を担わされていたのだが、今はだいぶ荒れ果てている。蝦夷の脅威が薄れているからである。内裏から最も遠ざかった地点でもあるので周辺には暮らす民の数も少なく、草の好き放題に伸びた空き地が目立つ。羅城門の広い楼閣には宿を持たぬ浮浪者らが雨や寒さ避《よ》けに寝泊まりした時期がありそれがさらに荒廃を早めた。昼こそ都に出入りする者で往来があるものの、真夜中となると犬も恐れるような不気味な一画と変わる。門衛にしても形ばかりで、時間を定めて見回りに現われるだけだ。以前は浮浪者どもの追い立てに検非違使まで投じられたものだが、深更は鬼の住居となるという噂が信じられればじめてから浮浪者も近寄らぬ場所となった。

だからこそ淫鬼《いんき》もそこに自分の殺した娘たちの死骸をばら撒こうと考えたのである。

門の黒い影が見える辺りで娘は三人の兵らに呼び止められた。手の灯りを突き出す。

兵らは荷車を曳《ひ》いているのが若い娘と知ると警戒を緩めながらも首を傾げた。

「こんな夜更けになにをしておる？」

兵らの目は莚《むしろ》で覆われた荷台に動いた。こんもりと盛り上がり異臭を放っている。

「都の外に死骸を捨てに参ろうと……」

娘は気丈な顔をして応じた。羅城門を潜り抜ければ田畑や草藪《くさやぶ》が広がっている。

「だれの死骸だ？」

「ひさしぶりに家に戻ったら親や妹らが首をくくって死んでおりました」

「それは気の毒だの。届けは済ませたか？」

娘は何度も頷《うなず》いた。

「おまえ一人しか身内がおらなんだのか？」

兵らは同情の目を娘に注いだ。

「我らが手伝ってやろうか。門の近くに捨てられては民の迷惑ともなるでな」

普通は化野《あだしの》に運ぶのだが、ここからだと都の反対側に位置している。娘一人では無理だ。それで近くの野原に捨てる気持ちになったのであろう。兵は莚に手をかけて覗いた。腐った死骸の頭が灯りに照らされた。兵は慌てて莚で覆い直した。こんな死骸には触りたくもない。何日も放置されていた死骸らしい。

「身内のことゆえ私一人で……」

娘は殊勝に手助けを断わった。兵らは顔を見合わせてから頷いた。娘は兵らに頭を下げて、ごとごとと荷車を動かしはじめた。

「待て！」

荷台を覗き込んだ兵が思い出したように娘に声をかけた。娘は聞かずに前へ進む。

「首くくりと言ったが、今の首は胴体と離れておった。今一度死骸を見せろ」

兵は荷車の前に出て娘を睨み付けた。

「余計な詮索《せんさく》は命取りになりまするぞ」

娘は哀れむように兵を見詰めた。

「なんのことだ？」

「首くくりと申したのは皆様のご迷惑にならぬようにと思うてしたこと。死骸はいずれも怨霊のために食い千切られたものにござります。それで滅多なところにも捨てられず、こうして運んで参りました」

「怨霊の仕業じゃと！」

兵らは荷車を取り囲んだ。

「それならうぬは何者じゃ！」

「私は怨霊にさらわれて召使となっている者。逆らえば私もこの女どものようになります」

「馬鹿を申せ！　信じると思うてか」

兵の一人が乱暴に莚を剝《は》ぎ取った。千切れた手足が山と積まれているのを認めて兵は悲鳴を発した。腰が砕けて尻餅《しりもち》をつく。どう見ても尋常の死骸ではない。しかも六、七体分はある。たいがいはどろどろに腐っている。

「そなた、通すわけにはいかん。ここで待て。検非違使に知らせる。動くなよ」

一人が娘を制してから通報に走った。

「そして……門衛が検非違使らを引き連れて戻ったときには消えていたと言うのか」

忠峯は清貫の報告に腕を組んだ。忠行も口をしっかりと結んで端座している。

「羅城門の石畳の上には夥《おびただ》しい死骸がぶち撒かれていたそうにござります。それに混じって二人の門衛の死骸《しがい》も。やはり手足を千切られた無残なものであったとか」

「わずかの間に娘ごときにやれる仕事ではないな。魔物と見て間違いなかろう」

忠峯は断じた。

「そうなると……」

忠行は不安な顔をして、

「淫鬼はすでに兄の忠道の体から抜けて、その荷車を曳いて来た娘に乗り移ったということにございりましょうか？」

「まだ分からん。魔物には違いなかろうが淫鬼と定まってはおらぬ。捨てられた死骸はすべて若い娘のものと言うではないか。娘に淫鬼が乗り移っているとしたら、死骸に男がないのは不思議。淫鬼は契り合う相手を求める」

なるほど、と忠行は頷いた。

「その娘も怨霊にさらわれたと申し立てたとか。藤原菅根どのの一件もある。淫鬼とは異なるものが都に跳梁《ちょうりょう》していることも考えられようぞ。時をおなじくして二つの魔物が現われるなど巡り合わせが過ぎる気もするが、淫鬼なれば無縁な菅根どのを殺《あや》めはすまい」

「やはり菅根さまは何者かに殺されたと？」

「かも知れん。ただの落雷と見ておったが、こうまで怪異が続けば疑わしい」

「しかし陰陽寮《おんみようりよう》が調べにかかったという話は耳にしておりませぬ」

「当てにできぬ者ばかりだ。それに参議が崇《たた》りで死んだとなれば騒ぎが大きくなる。自分にも関わりのあること。左大臣がわざと陰陽寮を動かさずに居るとも考えられる」

「どうなされます？」

「羅城門に捨てられた死骸を検分できればいいのだが、検非違使が片付けたとなるとむずかしい。思っていたよりも厄介な仕事となったな。怨霊まで重なっては的が絞りにくくなった。都の広さがつくづくと感じられる」

忠峯は吐息と舌打ちの両方をした。

なにげなしに庭へ動かした忠峯の目が一点に固まった。しばらく見詰める。

「なにか？」

「あの土塀の陰にだれか立っておる。気が立ち昇って動かぬ。こちらを窺《うかが》っておるようだな」

即座に香夜が腰を上げると庭に飛び出た。土塀は遠い。香夜は足音を殺して駆けると土塀に手を懸けて攀登《よじのぼ》った。

「だれの姿も！」

香夜が広い道を見渡して叫んだ。

「気が動いて消えた。察して逃げたのだ」

忠峯も頷いて香夜を呼び戻した。

「よほどの者だな。香夜の接近を悟る者など滅多におらぬ。大方は道を隔てたとなりの屋敷の庭に逃げ込んだのであろう」

「手前には感じられませんでした」

忠行は半信半疑の顔で言った。

「人はだれしもが体から気の輝きを発しておるものだが……あの土塀よりも高く燃え上がらせておる者は珍しい。気を一つにして様子を探っていたに違いない」

「我らと承知の上でのことで？」

「検非違使《けびいし》かもな。忠道が現われると見ておるのではないか？　それ以外に我らが見張られる理由はない。知らぬ顔をするしかない」

忠峯は気にせず笑った。

だが――

となりの庭に慌てて飛び込んだのは日蔵であった。場合によっては何食わぬ顔で屋敷を訪ねるつもりでいたのだが、咄嗟《とつさ》に姿を隠してしまったのである。

〈あれほど離れても気配を悟るとは……〉

思っていたよりも手強《てごわ》い。日蔵はそれでも薄笑いを浮かべていた。

その夜。

あれこれと調べ回った日蔵は、その報告のためにふたたび清行の屋敷を訪れた。

「ほほう。やはり儂《わし》の耳にした噂は加茂のことであったか」

清行に日蔵は頷いて、

「それも、ただの人殺しではございませぬぞ。検非違使は必死で加茂忠道の行方を追っておりまする。炭焼きの娘一人と地雇いの兵二人を手にかけたぐらいで検非違使が動員されるなど考えられませぬ。なにやら裏があるのでござりましょう」

「裏?」

「検非違使に問い質《ただ》すことができればはっきりといたしましょうが……手前では」

「分かった。それは儂が訊《き》いてみる」

「加茂江人が倅《せがれ》の忠道を廃嫡として、己れも辞任を願っているそうにござります」

「倅の責めを受けてのことか?」

清行は意外な顔をした。

「例の加茂忠峯が都へ舞い戻ったのも、それと関わりがあると見ました。忠道には忠行という弟がおりましてな。その者を急遽《きゆうきよ》忠峯の養子となしてござります。このままでは加茂が潰《つぶ》れる恐れがあると見ての姑息《こそく》な策。つまり、よほどの失態を忠道がしでかしたとしか……江人らはそれに気付いておるものと」

「それほどまでして守る家名か」

清行は声にして笑った。

「加茂など内裏のだれもが相手にしておらぬ。血筋を自慢しておるのは己れらばかりぞな」

「聞けば忠行と申す弟は葛城山で修行に励んでいた者。片付けるのはたやすいことにござりますが、ここはあの連中を用いるのがもっと面白いように心得ます」

日蔵は膝《ひざ》を進めた。それを思い付いたので清行の屋敷を訪れたのである。

「用いるとは、なんのことじゃ？」

「加茂は今は陰陽寮と無縁にござる。なれど加茂の名は知られており申す。そこが狙い目」

「はて……」

日蔵の言っている意味が掴《つか》めない。清行はじっと日蔵を見詰めた。

「清行さまより左大臣に、加茂忠行を今度の調べに用いるようお口添えを」

「馬鹿な。なにを言う」

清行は憮然《ぶぜん》となった。

「熟考してのことにござります。あまりに早く片付けては手柄にもなりますまい。それに昨夜の羅城門の騒ぎ……ひょっとしてまことの怨霊《おんりょう》が出没しておるのやも」

「だからこそそなたの力が頼りとなる」

「ここは加茂に任せて様子を見るのが賢明にござりますぞ。加茂も汚名を返上せんとして清行さまの手足となりましょう。その上で手前が加茂忠行の命を」

「殺すと言うのか？」

「左大臣はさらに怯《おび》えましょうな。加茂までが倒されては防ぐ術などござりませぬ」

「読めてきた。そこではじめてそなたが怨霊を退治するということか」

清行は破顔して膝を叩《たた》いた。

「いかにも、二段構えの方がそなたの力の大きさが伝わる。加茂にできなんだことをそなたが果たせば、だれもが頷《うなず》く」

「万が一、手強き相手のときでも忠道の一件を持ち出せば退けることができ申す」

「手強い？　その弟とやらがか」

「忠峯にござります。昼にそっと窺って参りましたが、なかなかの術士」

「本当に心配はないのか？」

「対等の腕と見てござる。ゆえに面白し」

自信たっぷりに日蔵は胸を張った。

8

忠行が三善清行に招かれて堀川小路と五条大路の交わる場所にある屋敷に足を運んだのは二日後の夕刻だった。

むろん清行の名は承知している。忠行は緊張の面持ちで清行を待った。郎党として従って来た清貫は門前で待たせられている。忠行の身分の低さから言えば郎党への扱いも当たり前のことであろう。

「そなたが江人どのの倅の忠行か」

ようやく現われた清行は平伏している忠行の前にどっかりと腰を下ろした。

「なるほど、頼もしい目付きであるの」

顔を上げさせて清行は笑った。

「都にこれほど不穏が続いていると言うに、なんの手立てもない。加茂の血筋であるそなたはさぞかし歯痒《はがゆ》い思いをしておろうな」

「ははっ」

　忠行はとりあえず両手を揃えて応じた。

「今こそ加茂の力を示すとき。じゃが……江人どのは辞任したと聞いた。不運は重なるものと申すが、なんとも残念でならぬ。今の陰陽寮は暦学を専らとする者ばかりで占められていて、こたびの変事の頼りとはならぬ。それで左大臣もいたく心を悩まされておいでじゃ。儂になにかよい知恵がないかとお訊《たず》ねであったが、弓削是雄どのは行方知れず、江人どのまで辞任したとあっては打つ手がない」

「…………」

「辞任を取り消し、江人どのを陰陽寮に迎えるよう進言いたしたが、なぜか左大臣は陰陽寮をこたびのことに関わらせたくはないらしい。怨霊の正体はあの道真公ではないかと本気で案じておられるご様子。内裏に属する陰陽寮がそれを認めてしまえば多くの方々のご進退にも関わって参る。それを心配しておられるのであろう」

　忠行も大きく頷いた。

「つまり、怨霊の正体がだれであれ、それを明らかにはせぬということじゃ。なれど、このまま捨て置くことはできぬ。藤原菅根どののようなお方まで怨霊に殺《あや》められたとなると、内裏に怯えが広まる。密《ひそ》かに怨霊を退治せよと左大臣より儂に命が下された」

「それで我が父に？」

「江人どのではなく、そなたに頼みたい」

清行は首を横に振って言った。

「辞任の理由、いろいろと調べさせて貰《もら》った。そなたの兄の不祥事も承知。いかに左大臣より好きにしていいと言われていても、場合によっては左大臣にご迷惑をかける恐れがある」

「お恥ずかしき次第」

忠行は身を縮めた。

「しかしそなたは加茂から飛び出た身。分派となった。もしものときでも言い訳ができる。ずるい言い方に聞こえようが、儂の立場としてはそれが大事。分かってくれるか？」

「むろんのことにござります」

「葛城山の修行のことも耳にしておる。上手く怨霊を封じることができれば、江人どのや兄についても左大臣は必ず考えて下されよう。もっとも、本当に怨霊がおればの話じゃが」

清行は忠行をじっと見詰めて、

「そなたはどう思っておる？」

力を試すように質した。

「藤原菅根さまのことは分かりかねますが、羅城門の一件はまず間違いなく魔物の仕業と」

「儂の睨《にら》みと一緒じゃの」

清行は満足そうに頷くと、

「都の民らも震えておる。そなたが引き受けてくれるなら左大臣に推挙する」

忠行の返事を促した。忠行に異存はない。そうなれば検非違使《けびいし》にある死骸の検分もできる。忠行の了承に清行は喜んだ。


「まさに渡りに舟の話だが……相手が三善清行どのとなると油断はならぬな」

忠行から聞かされて忠峯は苦笑いした。

「左大臣からの依頼などと他人事のように言うが、道真公の追い落としに清行どのが関わっていたのは明白。しかも、清行どののそれまでの出世は道真公の引き立てによるもの。血筋より学識を重んじる道真公がおらねば清行どのは下級官吏のままだったはず。本来なら道真公とともに朝廷を追われかねぬ立場にあった。それが今は左大臣と組んでおる。道真公の怨霊が祟《たた》るとしたら、だれよりも清行どのであろう」

「さようにござりましたか」

幼い頃から都を離れ、修行に打ち込んでいた忠行はそういう面に疎い。

「鬼や怨霊にも詳しいお人。その清行どのが他人事のように構えていたということは、道真公の仕業と見ておらぬのではないかの。怨霊の怖さは十分に承知しているに違いない」

「ではなぜ念密な調べを私に？」

「そこが油断ならぬという点だ。左大臣らの怯えに付け込んで、さらなる出世を企んでいるのやも知れん。見事に騒ぎを鎮めれば褒美は思いのまま。あの清行どのであれば考えられることだな。学者でありながら世渡り上手」

「………」

「そなたを用いる気になったのは一番に陰陽寮に手柄を奪われぬようにとの考えからであろうが、加茂の弱味を握ったせいでもあろう。そなたが邪魔になったときは忠道の一件を持ち出して、いつでも遠ざけることができる」

うーむ、と忠行は唸《うな》った。清行の屋敷からの戻り道、大喜びしていた清貫もがっくりと肩を落としていた。

「お断わりすべきでありましょうか」

忠行は甘い判断を恥じていた。

「それさえ承知しておればよい。むしろ我らも清行どのを利用させて貰おう。左大臣が背後にあるならなんでもできる。検非違使の動きも分かる。我らは淫鬼《いんき》を倒すことができればいいのだ。加茂の役目はそこにある。もしそなたが清行どのを頼りとして加茂の再興を願っていたのであれば、しっぺ返しを食らう。そういう相手ではないと教えただけのこと」

「もとより出世など望んでおりませぬ。術士は政の陰にあるものと父より言い聞かされて育ちました」

「そう心得ておるなら問題ない。左大臣に話が通じるのは明日と言うたな」

「はい」

「そうなると明日の夜は羅城門に捨てられていた死骸《しがい》を見せて貰える。それと……大宰府近くに建てられたと聞く道真公の墓の様子も調べて貰うこととしよう」

「使いの者で用事が足りましょうか？」

「荒らされているかどうか見定めるだけだ。墓に異変が見られれば怨霊の正体が道真公である可能性が強くなる。我らが出掛けたところで、怨霊らしきものが暴れているのはこの都。無駄足となるだけに過ぎまい」

「なんの異変もなきときは？」

「十中八九、道真公とは無縁であろうな。だが、術士に決め付けは禁物だぞ。相手は魔物。どんな手を用いるか分からぬ敵だ」

忠峯が眉《まゆ》を曇らせて口にした、それとおなじ時間——

淫鬼の操る忠道の姿は都で最も人の賑《にぎ》わう東市の飯屋に見られた。奥の板間の片隅にぽつりと胡坐《あぐら》をかき、焼き魚と煮物で酒を飲んでいる。忠道の目はさきほどから男二人を従えて買い物の疲れを取っている美しい年増《としま》女に注がれていた。二十五、六であろうか。肌の抜けるように白い女であった。

女が店を出ると忠道もあとを追った。腰に刀を下げた二人の従者の物言いで、ただならぬ屋敷の者と見当をつけたのである。その狙いは外れなかった。女は東市の入り口近くに待たせていた牛車《ぎっしゃ》に乗り込んだ。牛車の歩みは鈍い。それに合わせて忠道はのんびりと道の反対側を歩いた。

「いかにもこれまでの女とは段違いじゃが」

懐ろの中の泥人形が口にして重ねた。

「二日と我慢できぬとは厄介な体じゃな。ほてりを鎮めるならどの女でもよかろう。なにもわざわざ供揃えのついておる女を襲うことはない。しかも年増ではないか」

「あの女、用いることができるやも知れん」

うるさそうに忠道は応じた。目は牛車の窓に向けられている。御簾《みす》の陰に女の白い横顔がときどき覗《のぞ》かれる。

「儂《わし》を呼んでくれた道真の恨みを晴らすことであれば手助けは厭《いと》わぬが、そなたの色好みに過ぎぬならごめんじゃぞ。四人も供がある。またぞろ騒ぎを増やすだけであろう」

「貴様、怨鬼《えんき》のくせして騒ぎが怖いか」

「この身動きのならぬ体ではな。踏み潰《つぶ》されでもすれば、この世にはおられぬ。そなたも承知の上で足を切り離したのであろう」

「安心しろ。今日のところは屋敷を確かめるだけだ。まだ日が高い。人通りのある道で襲うほど間抜けではない」

「なにも心配ないと言うたのに、羅城門では結局門番の二人を始末させられた。門番など造作もない相手じゃが、都の警護がきつくなる。無駄な殺しは己れの首を絞めるばかりだぞ。門番を殺しても面白くないわ」

「貴様の術が見たかったのよ。雷を招く程度なら今後が案じられる」

「侮るでない。儂は怨鬼ぞな」

泥人形は懐ろの中で暴れた。確かに侮れない力であった。瞬時にかまいたちを生じさせて門衛たちの体を切り裂いたのである。その怨鬼が忠道に逆らわず従っているのは、この世に招いてくれたことへの恩義と、足を求めてのことであろう。泥で拵《こしら》えた足は怨鬼に気付かれぬ場所に隠してある。

「まだ人で賑わっておる。静かにしろ」

擦れ違う者らを気にして忠道は懐ろを押さえ付けた。言葉は囁《ささや》き程度にしかなっていないはずだが懐ろの動きは見える。

「儂もつくづくと運がない。そなたのような鬼の下につかねばならぬとは」

「いつでも潰してやるぞ。いいのか」

泥人形の動きが止まった。

忠道は黙々と牛車を追いかけた。

やがて一町四方を占める広大な屋敷の中に牛車が消えた。忠道は唸った。まさかこれほどの屋敷の者とは思わなかったのである。

忠道はしばらく屋敷の周りをうろついた。

野菜や干し魚を積んだ荷車が屋敷の裏手に向かっている。女が東市で買って届けさせたものであろう。忠道は荷車と並んだ。

「この屋敷はだれの館《やかた》だ？」

「よくは存じませぬが……右大臣さまとお関わりのあるお人とか」

男は忠道に見詰められてすらすらと応じた。

「右大臣……源光《ひかる》の思われ者か？」

ぼんやりとした目で男は頷いた。忠道の術にかけられている。

「行け。もはや用はない」

忠道は薄笑いを浮かべて男を去らせた。

「源光と言えば、貴様とも関わりがあるぞ」

忠道は泥人形に言った。

「分かっておる。道真の霊が儂の中で騒いだ。恨みに思うておる者の一人じゃな」

泥人形は懐ろから頭を出して屋敷を眺めた。

9

その夜、忠行と香夜の二人は右大臣源光の主催する歌会の警護のために、とある屋敷の庭に潜んでいた。正式な役目ではない。昼に清行から、まさかとは思うが、と言われて頼まれただけのことだった。源光も道真の排斥に力を貸して今の地位を得た人物である。その光の催す歌会に集まるのはすべて道真の恨みを買っている者ばかりだ。怨霊《おんりよう》が本当にこの都に出現しているのなら、その席を狙う可能性が強い。忠行も得心して引き受けたのだが、左大臣の許しを得ぬうちはこうしてこっそりと様子を窺《うかが》うしかなかった。

「いい加減にしろ」

歌会の行なわれている西の対屋を見守りながら香夜は口元を歪《ゆが》めた。女を側に侍《はべ》らせて飲み食いしているだけにしか見えない。

「仲間が雷に打たれて死んだ直後と言うのに、笑い転げて女を相手にしている。あの者らがこの国を纏《まと》めているかと思えば腹立たしい」

「だからこそ道真さまの魂も舞い戻る」

忠行はつくばいの中に端座して四方に目を配り続けていた。目の前の池から冷気がぞくぞくと伝わってくる。対屋の周辺に燃やされている篝火《かがりび》の周りに立つ郎党らが羨《うらや》ましく感じられる。

「怨霊や鬼を退治するのに文句はないが、ああいう者らを守る気にはなれぬ。三善清行などの下について、こんな役目ばかり押し付けられてはかなわない」

「それは俺も同感だがな」

忠行は苦笑いして、

「その男のような物言いはどうにかならぬのか。年頃の娘だろうに」

「他の言い方など知らぬ。化け物相手に気取っていても仕方あるまい」

「俺は化け物か？」

「忠行のことを言ったのではない。お師匠さまとそういう道を歩いて来た」

「いつまでそれを続ける気だ？　これからは都暮らしとなる。女らしい言葉を学べ」

「今度の鬼を退治できたら考える」

「刀など通用せぬ相手。今夜とて俺一人でいいと言うたのに勝手について来た」

「私は忠行よりも鬼に慣れている。危ないと思えばお師匠さまが引き止める」

「信用されておらぬのは俺というわけか」

「少なくとも刀の腕についてはな」

香夜は得意そうに微笑んだ。それは忠行も認めるしかない。暇があると屋敷の庭で刀を振り回している。つい一昨日も庭の木の枝に張っていた蜘蛛《くも》の巣に切り付けて、真ん中に居た蜘蛛だけを切っ先で両断したのを見ている。蜘蛛の巣は少しも乱れなかった。

「刀は一人で学んだのか？」

「まさか。幼い頃から仕込まれた。富士の裾野《すその》は獣が多い。家の間近まで熊や狼が現われる。戦う術を授かっていなければ危ない」

「よほどのことがない限り獣は人を襲わぬぞ。刀を使うのが性に合っていたのだろう」

「かも知れない」

素直に香夜は頷《うなず》いた。

「この様子では現われそうにない。かれこれ一刻半《いっときはん》にもなる。どうする？」

忠行は引き上げるつもりになって、もう一度屋敷の隅々に目を凝らした。

「屋根になにか見える」

香夜が忠行よりも先に気付いた。忠行も頷いた。寝殿の大屋根から黒い影が渡殿の長い屋根にと飛び移った。歌会の行なわれている対屋を目指している。郎党らがまるで気付いていないらしいのは足音が聞こえないせいだろう。尋常な相手ではない。

忠行と香夜は藪《やぶ》に身を潜めて駆け出した。

「先に出れば取り逃がす」

逸《はや》る香夜の肩を忠行は摑《つか》んで制した。

「それに、屋敷の郎党らにすれば我々とて怪しい者。あっちの出方を見よう」

香夜は頷いて忠行の手をそっと払った。

「足音を立てぬのは不思議だが、怨霊とは思えぬ。怨霊なら屋根に影などできまい」

忠行は見詰めて言った。屋根に蹲《うずくま》る黒い姿の他に淡い月で生じた影も見える。

「鬼なら影もある。忠道と違うか？」

「俺もそれを案じたが、兄ではなさそうだ」

忠道よりも屈強な体付きに思える。

「それなら遠慮は要らぬな」

香夜は腰の刀に手をかけて言った。

「俺が合図するまで飛び出すな。郎党らまで敵に回したくない」

「郎党らが襲われてから出るつもりか？」

「襲うとも限っておるまい」

「人の屋敷の屋根に覆面をして取り付いているのだ。お師匠さまなら躊躇《ちゅうちょ》はしない」

香夜はそれでも忠行に従った。

突然――

屋根の上の者は激しく跳び回った。屋根を踏む足音が忠行にも聞こえる。郎党らが気付いて対屋の周りに集まった。歌会をしていた者たちも怯《おび》えた様子で渡殿へと逃れる。よほど酷《ひど》い震動だったのだろう。

「なんのつもりだ？」

香夜は戸惑いの顔を忠行に向けた。

「あれで怨霊の仕業とでも見せ掛ける気か」

「我らが出るまでもなさそうだな」

忠行は苦笑いした。郎党らが弓に矢をつがえて威嚇している。怪しい者は屋根の縁にまで下りて来て郎党らを見渡した。甲高い哄笑《こうしょう》を発する。郎党らは弓の弦を引き絞った。そこを狙って怪しい者の口から炎が噴き出た。

忠行と香夜は仰天した。

信じられない。炎がまやかしなどでないのは郎党の衣服が燃え上がっていることで分かる。郎党は悲鳴を上げて転げ回った。怪しい者は別の郎党を的にして炎を吐いた。長い炎が伸びて郎党を火で包む。残りの郎党たちは弓を射るのも忘れて逃れた。火を吐く化け物を相手になどできない。渡殿で見守っていた公卿《くぎょう》らと女たちも転げるように逃げる。

「どうなっている！」

香夜は藪から立ち上がった。怪しい者も香夜に気付いて嘲笑《あざわら》った。香夜は刀を引き抜きながら屋根の真下を目指した。

「下手に近付くな！」

忠行は乱暴に引き止めた。

「おまえも焼き殺されるぞ」

「だったら術でなんとかしろ」

香夜は忠行に喚《わめ》き散らした。

「見ているだけならだれでもできる」

「落ち着け！　あれは鬼や怨霊と違う」

忠行は見極めていた。

「ただの人間だ。しかし腕が立つ」

「ただの人間が炎など吐くものか」

「臭水を口に含んで篝火に噴き付けているのだ。臭水は燃える水。あれを噴き付けられては防ぎようがない。よく見ろ！　倒された郎党らは二人とも篝火の側に居た者たちだ」

言われて香夜は目を動かした。確かに篝火が側にある。それに、臭い油の匂いもする。

「貴様、何者だ！」

忠行は屋根の上に立つ影に叫んだ。

「この世に恨みを晴らしに舞い戻ったお人に仕えている者よ。左大臣の首を取るまではこうして都を暴れ回ってやる」

相手はふたたび笑いを発して渡殿の屋根に跳び移ると寝殿の大屋根に駆け登った。そして反対側に姿を消した。一瞬のことだった。

郎党や公卿たちが集まって来ぬうちに忠行と香夜は庭の塀を乗り越えて外に逃れた。怪しい者の仲間と思われかねない。

「あっちだ」

忠行は間に合わぬと知りながらも怪しい者が消えた方角を目指した。真夜中のことなので広い通りにはだれの姿もない。その代わり遠くまで見渡すことができる。

「この庭に飛び込んだとしか思えぬな」

忠行は道を挟んだ向かいの屋敷の塀に攀登《よじのぼ》ると庭を捜した。とは言うものの騒ぎを引き起こすわけにはいかない。まだなんの権限も与えられていない身である。

「忠行！　となりだ」

香夜が叫びを上げた。ぎょっとして忠行は振り向いた。たった今まで潜んでいた屋敷のとなりから赤い炎が立ち上がっている。悲鳴や怒声が直ぐに伝わってきた。

「火をつけたか！」

忠行は舌打ちした。燃えているのは小さな建物らしく、さほどの火勢ではないが深夜の火事は人を怯えさせる。怪しい者の出現など忘れて郎党たちがとなりの屋敷の消火に駆け付けて行く。歌会に興じていた公卿や女たちが門から飛び出て避難をはじめた。広い庭を隔てたとなり屋敷のことなのに素早い。

「なんのつもりだ」

忠行は戸惑っていた。恨みを晴らすと口にして火をつけるのであれば源光に関わる屋敷を狙うのが当たり前だ。となり屋敷では意味が分からない。勘に過ぎないが忠行は敵が向かい屋敷に逃げたと見ていたのである。

「雨を呼んで火を消せ！」

苛々《いらいら》して香夜が忠行を急《せ》かした。

「俺にそんな力はない」

忠行は首を横に振った。第一、雨乞《あまご》いにはいくつかの道具が要る。

「孔雀明王呪《くじゃくみょうおうじゅ》を学んでおらぬのか！」

香夜は呆《あき》れた顔で忠行を見上げて、

「お師匠さまはそうして雨を呼ぶ」

「孔雀明王呪か。それを唱えるだけで雨を呼べると？」

忠行は唸《うな》った。知ってはいるが雨乞いに用いたことはない。加茂のやり方とは違う。

「知っているなら試せ！」

夜空に広がる炎を見やって香夜が促した。忠行は空に大きく九字を切ってから声を張り上げた。その祈りが響き渡る。

「のうもぼたや、のうもたらまや、のうもそうきや、たにやた、ごごごごご、のうぎゃれいれい、だばれいれい……」

不思議と呪文《じゅもん》がつかえずに口をついて出る。忠行は無想となって唱え続けた。

風が強くなりはじめた。

忠行は次第に手応《てごた》えを覚えた。自然に生じた風ではない。明らかに自分を中心として風が渦巻いている。それに勇気づけられて忠行の唱える声はさらに高くなった。

「やったぞ!」

香夜の歓喜の声が上がった。忠行も頭上を見やった。真っ黒な雨雲がいつの間にか自分の上に湧いている。ぽつりぽつりと冷たいものが忠行の頬を濡《ぬ》らした。忠行の胸はどきどきしはじめた。これほどに呪文の力が直ぐに通じたことはない。思っているところに激しい雨が天から降り注いだ。忠行はたちまちずぶ濡れとなった。それでも呪文は止めない。屋敷の方から喜びの声が聞こえる。雨が火勢を弱めているのである。香夜は豪雨の中ではしゃぎ回っていた。

〈術とはこういうものか……〉

忠行は自分のしたこととは思えず、他人事のように弱まる炎を見詰めていた。

「まずいぞ、だれぞが雨を呼んだ」

　忠道の懐ろの中の泥人形が屋敷の外の気配を察して言った。

「直ぐに火が消えて屋敷の者らが戻る」

「ここまで来て引き返せるか」

　忠道は気にせず奥へと踏み込んだ。昼に目をつけていた女が火事に怯えながら部屋で見守っているはずである。外へは出ていない。

「姿を見られては面倒になろう。だから言うたのだ。こんなに人が集まっているときに襲う必要はあるまい。何人も殺さねば逃げられなくなるぞ」

　泥人形は退散を促した。

「何人でも殺すさ。ここの女は右大臣の思われ者。その体を手に入れられれば好き勝手ができる。蜘蛛の巣だらけの廃屋に隠れ暮らすのは飽きた」

　忠道の声は覆面でくぐもって聞こえる。

「だれだ！」

　濡縁《ぬれえん》に出ると中庭から声がかかった。二人の郎党は忠道の覆面を見て迷わず刀を抜いた。

たった一人と侮ったのか他の者を呼ぼうとはしない。忠道にとっても好都合だった。

「地獄を味わわせてやれ」

忠道は泥人形を衣の上から軽く叩《たた》いて懐ろより引き出すと濡縁に立たせた。二人の郎党は顔を見合わせた。

「ただの土くれと思うなよ。冥途《めいど》からの使い。道真の恨みを晴らしに舞い戻った」

言って忠道は濡縁にどっかり腰を据えた。

「ふざけるな!」

郎党らは身構えた。その目が泥人形にも注がれる。無表情だった泥人形がぱちりと目を開けて薄笑いを浮かべた。郎党らは絶句して泥人形を見詰めた。

「うぬらは知るまいが……」

泥人形が声を発した。わわっと郎党らは後退した。思わず忠道を見やる。

「俺ではない」

忠道は笑って肩を揺すらせた。

「この世のあらゆる場所が地獄へと通じておる。蓋《ふた》を開ければ地の下は地獄ぞ」

泥人形は細い腕を伸ばして郎党らの足元を示した。郎党らが地面に目をやる。固かった大地が、いつの間にかどろどろの血の池と化していた。郎党らは悲鳴を発した。血の池と分かった途端、郎党らの体が腰まで沈んだ。郎党らは仰天して池から濡縁に這《は》い上がろうとする。だが、ままならない。二人ともなにかに足を引かれているようで池の真ん中に戻される。郎党らは刀を捨てて必死で泳ぎはじめた。ごぼごぼと泡を噴き出している血の池から次々に亡者と思《おぼ》しき者らが頭を出す。池に引き摺《ず》り込もうとしていたのは亡者たちだった。郎党らは振り払った。

「次郎太、儂《わし》じゃ、おばばだぞ」

「善助兄よう、なんでおらだけ死んだ」

亡者が郎党らに呼び掛ける。それぞれの祖母や妹だった。気付いて郎党らは泣いた。

「許してくれ。おばばを山に捨てたのは親父に言い付けられたからだ」

「おめえみてえな優しい娘がなんで地獄に連れて行かれなきゃならねえ」

郎党らは祖母や妹に叫んだ。

郎党らはすでに肩まで池に嵌《は》まっている。

「哀れじゃのう。側に行って慰めてやれ」

泥人形は郎党らに言った。郎党らの口が池の血で塞《ふさ》がれた。二人はもがきながら沈んで行った。亡者たちも潜って行く。

忠道は郎党らがなにもない庭に倒れ込んだのを眺めてげらげらと笑った。すべては泥人形が二人に見せた幻であったのである。亡者も二人の心の反映に過ぎない。鬼はそうして人間を自在に操る。

10

「どなたですか」

忠道が目星をつけた部屋に近付くと気配を察して中から若い女が出て来た。気の強そうな侍女だった。無遠慮に忠道は奥を覗《のぞ》いた。目的の女が御簾《みす》の後ろに端座している。火事騒ぎで起き出したのだろう。傍らには別の侍女が二人控えている。

「何者じゃと質《ただ》しております」

侍女は声を大きくした。忠道が覆面をしたままであれば叫びを上げて人を呼んだはずだが、女ばかりの部屋と見て脱いでいた。今夜は髭《ひげ》を剃《そ》り、髷《まげ》も綺麗《きれい》にしている。それで女も警戒を半分は緩めていた。

「火は治まり加減にござりますが、その前にも怪しき者が屋根の上に……御殿様は御身を案じ召されて、今夜のところは別の館《やかた》にお移りなされるようにとお申付けにござります」

忠道は濡縁に膝《ひざ》をついて言った。どこから見ても立派な若者である。それも当然であろう。忠道は内裏勤めが永い。侍女は忠道をじっと見詰めてから頷《うなず》いて、

「別の館とはいずれにござりまする?」

　丁寧な口調になった。

「ここよりわずか離れた別邸に」

「ご別邸がこの近くにありましたか?」

「参議以上の方々がお用いになられる館。御殿様もときどきそこでご休息を」

「さようですか。お伝え申して参ります」

　侍女は下がった。狙いの女にももちろんやり取りが聞こえている。女は直ぐに承知して支度にかかった。侍女が戻る。

「表門の方は火事騒ぎで慌ただしくしております。牛車《ぎっしゃ》は裏門に回しておきました」

　忠道の言葉に侍女は了承した。

　やがて女が出て来た。衣に薫《た》き込めた香の薫りが闇を華やかにする。これまでいたぶってきた町の女たちとはまるで違う。忠道は頭を下げて薄ら笑いをした。今夜はこの女を存分に抱ける。

「案内してたもれ」

　女に促されて忠道は先に立った。三人の侍女も従う。さすがに一人だけとは言えない。それを口にすれば不審を抱かれる。

〈従いて来ずば死なずに済むものを〉

牛車など用意していない。裏門に出れば嘘と知れる。忠道は裏門までの暗がりで三人の侍女を殺す気でいた。

「ほんに、となりは騒がしい」

激しい雨も火勢の衰えるにつれて小降りに変わっていた。その反対に男たちの慌ただしい様子が伝わってくる。忠道たちは建物から出て裏門への道を辿《たど》った。傘を使うほどの雨ではなくなっている。

「そう言えば御殿様よりお預かりしていたものが。どうぞお持ちくだされ」

思い出したように忠道は言うと侍女の一人に懐ろから泥人形を引き出して渡した。

「なんです、この汚い人形は？」

受け取った侍女は怪訝《けげん》な顔をした。

「汚いとは、口の悪い女じゃの」

侍女の手の中で泥人形が目を開けてにやにやと笑った。侍女は悲鳴を発した。振り落とされないように泥人形は侍女の胸元に腕を伸ばして取りすがった。侍女は怯《おび》えた。二人の侍女が駆け寄って様子を確かめた。

「乳が固くなっておるぞ。儂が怖いか」

泥人形は笑って女の懐ろに潜り込んだ。侍女は必死で引き出そうとする。二人の侍女には泥人形が見えなかったようで顔を見合わせた。そこにひょいと泥人形が頭を出した。

「女の懐ろは暖かくて心地がよいの」

二人は身を強張《こわば》らせて後退した。

その間に忠道は狙いの女を背後から羽交い締めにしていた。

「この匂い……たまらん」

後ろから抱えた女の白いうなじに鼻をこすりつけて忠道はとろりとした。長く垂れた髪にも香の薫りが染み込んでいる。

忠道は辺りに目を動かした。裏庭と言っても右大臣が世話をしている女の暮らす館だけあって広い。その片隅に納屋が建てられている。忠道は抗《あらが》う女に当て身を食らわせてから小脇に抱えて納屋を目指した。

「なにをする気じゃ」

侍女の懐ろで術に取り掛かっていた泥人形が声を荒らげた。

「始末しておけ。火事がこう早く治まってはのんびりもできん。連れ出したのが直ぐにも知れよう。考えを変えた。ここでやる」

「隠れ家まで我慢できなくなったのじゃろう」

泥人形は舌打ちをした。

「その女らを取り逃がすではないぞ」

忠道は言い捨てて暗がりに消えた。

「まったく……身勝手なやつじゃ」

泥人形は目を侍女らに戻した。中断したせいで術が薄れかけている。年嵩《としかさ》の女が夢から醒《さ》めたように目を開けると辺りを捜した。主人である女が居なくなっているのに気付いて叫びを上げようとする。泥人形はその女に顔を向けて頬を膨らませた。思い切り空気を吸い取ったのである。女の顔に深い切り傷が何本も生じた。かまいたちだ。かまいたちは急激な大気圧の差によって出現する。女の叫びはそれで止められた。痛みに蹲《うずくま》る。もう一人の女も我れを取り戻して年嵩の女の様子を確かめた。唇から頬にかけて切り裂かれている顔を眺めて女は絶句した。泥人形はまた頬を膨らませた。ひゅひゅひゅひゅひゅ、と風を震わす音がする。その音と同時に女は泥人形を振り向いた。怪訝な顔で見詰める。その表情のまま女の首がころりと転げ落ちた。かまいたちが女の細い首を綺麗に両断していたのだ。血が激しく空に噴き上がった。頬を切られていた女は仲間の血を浴びて気を失った。

「他愛もない……」

術をかけて封じるまでもなかった。泥人形は詰まらなさそうに呟《つぶや》くと自分が懐ろに入り込んでいる女の顔を見上げた。こちらは間近に居るだけに術が効いている。二人の仲間が目の前で倒されたことも知らずに目を瞑《つむ》っていた。

泥人形は女を操って忠道の消えた納屋に向かった。忠道はすでに女を裸に剝《む》いて犯していた。女の方も夢うつつで忠道にしがみついている。相手を喜ばせる壺《つぼ》を心得ている淫鬼《いんき》にはだれも逆らうことができない。

「二人の女は片付けたが……」

泥人形が言うと忠道は振り返った。その目は赤く輝いていた。そろそろ女の方に乗り移るところだったらしい。

「三人とも殺して、その女だけが生き残っては怪しまれよう。この女はすっかり術にかかっておる。むしろおまえと口裏を合わせるように操るのがよくはないか？」

「それができると言うなら、そうしろ」

忠道はうるさそうに泥人形を追いやった。

「おまえのためにしておるのだ」

泥人形は女を操って忠道の尻《しり》を蹴《け》り付けてから外に出た。倒れている女たちのところへ戻る。年嵩の女にはまだ息があった。泥人形は操っている女にその首を絞めさせた。

女はそれから激しい悲鳴を発して屋敷の者たちを呼んだ。何度も叫びを発する。聞き付けた男たちが裏庭に駆け込んで来た。

「鬼にございます！　鬼が現われました。桔梗《ききょう》さまはお逃れになってどこかに……」

女は男たちに言ってから崩れ落ちた。

「しっかりしろ！　なにがどうなのか分からん。桔梗さまがどうしたとな」

男の一人が侍女を抱え上げて問い質した。

「鬼が……桔梗さまは屋敷のどこかに……われらは鬼をこの裏庭に引き付けて……」

侍女は暗がりに倒れている二人の仲間の死骸を震える指で示した。男らはやっと事態を認識した。一人の女の首は胴体から離れて脇に転がっている。

「桔梗さまをお捜しするのだ！」

男たちは屋敷に引き返した。鬼に殺されでもしていれば自分たちの首も危うい。ふたたび倒れ込んだ侍女のことなど忘れている。

静まりかえった裏庭に衣擦《きぬず》れの音がした。

「どこだ？」

「ここじゃ、ここじゃ」

泥人形はごそごそと侍女の懐ろから這《は》い出た。目の前には桔梗と呼ばれる女がにっこりと微笑みを浮かべて立っていた。

「終わったか。今夜は早かったの」

「この女の器量なれば面倒なしに男らが群がって参る。いつでもまぐあいを楽しめよう。乗り移るのが先決とわきまえた」

桔梗は薄笑いを浮かべて泥人形を手にすると懐ろに押し込んだ。

「おお、儂《わし》も忠道よりこの体の方がいい。女の温みは格別ぞな」

泥人形は剽軽《ひょうきん》に懐ろから顔を出して、

「忠道はどうした？　納屋で見付かっては怪しまれる。この女に乗り移ったからには不要の者。顔を潰《つぶ》して死骸《しがい》を捨てるしかない」

「いや、検非違使《けびいし》が追っている。行方知れずではいつまでも手を引かぬ。半年も俺が操った。忠道自身、どこでどうしていたか憶《おぼ》えておらぬはず。むしろこのまま解き放ってやろうと思うておる。捕らえられ、忠道と分かれば幾日もせずして首を刎《は》ねられる」

「正気を取り戻す心配はないか？」

なるほど、と頷《うなず》いて桔梗は納屋に足を向けた。納屋の中には忠道が炭俵に寄り掛かって大きな鼾《いびき》をかいていた。淫鬼に昼夜なく操られている。その疲れが出ているのだ。桔梗は忠道の喉《のど》に指を当てて骨を探った。忠道はうるさそうに腕を払う。桔梗は指に力を込めた。忠道は、かっと目を開けた。手足をばたばたさせて抗う。桔梗はさらに力を加えた。骨の潰れる手応《てごた》えがあった。桔梗が離れると忠道は喉を押さえて暴れ回った。呼吸ができずに悶《もだ》え苦しんでいる。だが声帯が潰れただけだ。忠道は涙を溢《あふ》れさせて桔梗を見詰めた。たった今までまぐわっていた相手なのに、それも憶えていない様子だった。

「さっさと行け！」

桔梗はとりすがる忠道を蹴り付けた。忠道は這いながら納屋を抜け出た。裏門が見える。桔梗は顎《あご》で促した。転がるように忠道は裏門から逃れて行った。

「大丈夫かの」

泥人形は案じた。あれでは満足に歩けもしない。今夜のうちに市中の見回りの兵らに捕らえられてしまうだろう。

「喉を潰すとは冷たいものじゃ。ずいぶん世話になった体であろうに」

「殺せと言うたはおまえだぞ」

桔梗は鼻で笑った。

「殺された方が楽ということもある。正気を失い、声も出せぬではあまりにも辛《つら》い」

「怨鬼《えんき》のくせして人に情けを持つか」

「儂は恨みを抱いている者以外は滅多に手を出さぬ。そなたと一緒にせんでくれ」

「静かにしろ。屋敷の者たちだ」

桔梗は泥人形を制して振り向いた。男たちが桔梗を認めて歓声を上げる。安堵《あんど》したように桔梗は膝《ひざ》を落として助けを求めた。

「不審の者を見付けた」

塀の上に屈み込んで火事の治まるのを見守っていた忠行のところに香夜が現われた。香夜は館《やかた》の周辺を探っていたのである。

「となり屋敷の裏門から出た者が居る。郎党などではない。ふらふらとした足取りで酔っているようにも見えたが、おかしい」

「おかしいとは？」

「今にも死にそうな様子。屋根に現われた者ではなさそうだが……屋敷の者とは違う」

首を傾げて忠行は塀から道へ飛び下りた。火事はもはや心配がなくなっている。

「忙しない夜だ。となり屋敷なら火を付けた者でもなかろう」

忠行は吐息して道を進んだ。香夜も並ぶ。

「その者の様子を見て今夜はこのまま引き揚げるぞ。さっきの男もとっくに立ち去っていよう。うろうろしていればこちらが危ない」

「見直した」

「なにをだ？」

「忠行の腕だ。まさか本当に雨を呼ぶとは思わなかった。お師匠さまも驚かれよう」

眩《まぶ》しそうな目をして香夜は口にした。

「孔雀明王呪と教えて貰《もら》わねばできなかった。加茂の雨乞《あまご》いとは違う。そなたのお陰」

「呪文を唱えただけでは雨が降らぬ。通じるかどうかは術士次第。忠行には神仏の加護がある。お師匠さまのお言葉通りだった」

「忠峯さまがなにを言った？」

「やがては加茂の名を広める者。それを見抜かれたゆえ、手助けに回っているのだと」

「加茂の名が広まる世など来ぬ方がいい」

忠行は苦笑いした。

「それはすなわち鬼の跳梁《ちょうりょう》する世となることだ。加茂の名が忘れ去られてこそ平穏」

「ではどうして術を学んでいた？」

「鬼はいつ現われるか分からぬ。それがたとえ百年に一度でも、だれかは封じる術を会得していなければなるまい。加茂はその役目を与えられた者。それだけに過ぎぬ。術を頼りにして出世など望んだことはない」

「鬼はすでに暴れ回っている」

「あの男か？」

忠行は立ち止まって見詰めた。土塀に手を添えて力なく歩いている。じっと眺めていた忠行に不安が生まれた。ざわざわと背筋を冷たいものが走り抜ける。

「どうかしたか？」

「兄者のように見える……」

香夜は目を円くして忠行を見上げた。

「何年も逢《あ》ってはおらぬが……」

忠行は気取られぬように足早となって男の前に回った。男と真正面で向き合う。

「兄者！」

間違いなかった。忠行はそれきり絶句した。忠道は怯《おび》えた目で忠行を眺めた。喉を掻《か》きむしるようにして苦痛を訴える。呻《うめ》きばかりで声にはならない。警戒も捨てて忠行は忠道の肩に手をかけると揺さぶった。

「兄者、どうした！　忠行にござる」

名を告げても忠道には通じなかった。身を縮めて道に蹲《うずくま》る。まるで幼子と変わらない。

「なにがあった！　なんで兄者がここにおる」

思わず忠行は声を荒らげた。

忠道はただひたすら泣いていた。

「立ちませ！　こんなところにはおられぬ」

忠行は乱暴に腕を取った。火事騒ぎで皆が起きている。忠道は検非違使から追われている身である。見咎《みとが》められれば獄に繋《つな》がれる。

腕を邪険に払って忠道は忠行を突き返した。

「気をしっかりなされ！　忠行でござる」

「無駄だ。気が触れている」

香夜が忠行の袖《そで》を引いて耳に囁《ささや》いた。

忠行はまじまじと兄の忠道の顔を見やった。間近で目を合わせているにも関わらず、忠道は他人を前にしているような表情を浮かべていた。目玉はきょろきょろと落ち着かなく動き、口からは大量の涎《よだれ》を垂らしている。

〈これが、兄者か……〉

忠行は胸を締め付けられる思いだった。頭が人並み以上に優れて働き、傾きかけていた加茂の家運を立て直そうと、あえて術の道を捨て、官吏の出世を望んだ人間なのである。一族のだれもが忠道の先行きを楽しみとしていた。

その忠道がぼろぼろに壊れて目の前に居る。忠行は思わず嗚咽《おえつ》を洩《も》らした。忠行にとって忠道はいつも眩しい存在だった。颯爽《さっそう》と前を歩き、己れの先行きを信じているその背中はとてつもなく大きく感じられた。忠行が術の道を選んだのは、この兄とおなじ道を歩いても生涯追い付くことができないと悟ったからである。加茂の術を守ろうとしてのことではなかった。

高井の里の一件を耳にしたときも無実と信じて疑わなかったのは、そういう兄ゆえだ。鬼にでも操られぬ限り、断じて人の道を外す忠道ではない。忠道は忠行の誇りだった。いつまでも鬼が体から抜け出ないときは忠道と争わなければならない。それを思うと怖かった。心は鬼に支配されていたとて忠道には違いない。その忠道に術で挑めるものかと常に迷いがあった。なのに……まさかこういう忠道と出会うことになろうとは。

「声が出せないのではないか？」

香夜がようやく気付いて忠行に教えた。

忠行は震えてばかりいる忠道の喉に指を当てた。忠道は慌てて逃げようとする。優しく肩を押さえて忠行は確かめた。香夜の言葉通り、忠道の喉は無残に潰されていた。哀れさと憤りの両方が忠行を襲った。忠行は忠道の体を両腕でしっかりと抱き締めた。

「余計なことを言われぬようにか」

香夜は吐息して忠行たちを見下ろした。

「許さぬ。兄の恨みは俺が必ず晴らす」

これではもはや弁明もかなわない。検非違使は忠道の心の回復を気長に待ちはしないだろう。捕らえられれば数日も経ずして首を刎《は》ねられる。

「俺はこのまま兄者を連れて葛城山に行く。そこで匿《かくま》って貰うしかない。都には置けぬ」

忠行に香夜も頷いた。

「にしても、なぜ兄者がここに居たのか……」

忠行はまた忠道に目を戻した。

忠道はうつろな目で忠行を見ていた。

〈一生をこのままであろう……〉

忠行は忠道の狂気が根深いものであると察した。この場で殺した方が忠道にとっても幸せな道ではないのか？　それを一瞬でも思った自分が哀しかった。兄に罪はない。

忠行はぼろぼろと涙を溢れさせながら忠道の胸にとりすがって今の思いを謝った。

やがて上げた忠行の顔は鬼となっていた。

憤鬼

1

心を失った上に喉《のど》まで潰《つぶ》されて虚ろとなっている忠道と対面して忠峯は思わず吐息した。が、忠道の優秀なことは風の噂で耳にしていた。術とは違う道で加茂の復権を果たす者と心頼みにもしていたが、今は見る影もない。ここが忠峯の屋敷とも知らずうなだれている。

「父にはなにも伝えず、このまま葛城山に連れて参ろうと存じます」

忠行に忠峯も仕方なく頷《うなず》いたあと、

「自分の身になにが起きたか分からぬにしても手は動く。紙と筆をここへ」

側に控えている香夜に命じた。

「赤子のようなもの。文字も書けますまい」

忠行は首を横に振った。

「術を施してみる。試すのははじめてだがの」

忠峯は忠道の目の前に胡坐《あぐら》をかくと手を伸ばして額に当てた。小さく揺れ動いていた忠道の体がぴたりと鎮まった。

「なんの術を用いますので?」

忠行は怪訝《けげん》な顔で質《ただ》した。

「頭に残されている思いの滓《かす》を引き出す。時があまり隔たっておらぬことなら消えずに忠道の中にあるはず。生首だとて体から切り離された直後にはまだ口を利く。それと一緒」

忠峯は忠道の額に手を当てたままぶつぶつと呪文《じゅもん》を呟《つぶや》いた。忠行は端座して見守った。

そこに香夜が紙と筆を手にして戻った。

「儂《わし》と忠道の間に紙を置き、筆を持たせよ」

香夜は忠峯の言う通りにして引き下がった。

忠峯はふたたび呪文に専念した。

忠道の様子に変わりは見られない。

と思ったが——

生気を失っていた忠道の目に微《かす》かな光が戻ったように感じられた。忠行は緊張した。

筆を持つ腕がゆっくりと上がる。

唇からはだらしなく涎《よだれ》が垂れている。しかし、目には悔し涙が確かに溢《あふ》れていた。

「紙はこれにある」

忠峯は左手で取って忠道の前にかざした。

忠道は震える指で書きはじめた。

〈なんという術だ……〉

忠行は忠峯の腕の凄《すご》さに圧倒されていた。

悔し涙は流れていても忠道に心はない。眠っているのと等しい。なのに指が動いている。

「それだけか？　もはや十分か？」

筆を持つ指を膝《ひざ》に戻した忠道に忠峯は確かめた。忠道の手から筆が落ちた。忠峯は静かに額から手を離した。忠道はがっくりと肩を落として背中を丸めた。

忠峯は忠道が書いた文字に目を動かした。

くもどの、という文字と、ききょう、という文字ばかりがしたためられていた。

「くもどのと申すのは古くから廃屋となっている蜘蛛《くも》屋敷のことであろうが……このききょうというのが分からん」

それに忠行も首を縦に動かした。

「ただの桔梗《ききよう》の花とは思えぬ。人の名か？」

「かも知れませぬ」

「としたなら忠道にとってよほどの大事に関わっておる者」

「兄がずっと思いを寄せていた者かも」

「いや、くもどののあとに書いたのだ。鬼に魂を操られてからのことに違いない」

「なにやら聞いた気がする……」

香夜はこめかみに指を当てた。

「その名を大勢で呼んでいた」

香夜は思い出した。

「火事騒ぎの起きたとなり屋敷の庭でだ」

「忠道はその屋敷から出て来たのだな」

忠峯に忠行と香夜は同時に頷いた。

「だれの屋敷だ？」

「気にもしませんでした。我らが目を光らせていたのは源光どののお屋敷」

「儂と香夜とで探っておく。そなたは清貫とともに忠道を葛城山へ連れて行くがよい。忠道は検非違使《けびいし》に追われる身。夜の明けぬうちに都を出ねば見咎《みとが》められる恐れがある」

「承知してござります」

忠行は自失したままの兄に目をやって溜《た》め息を一つ吐いてから立ち上がった。

2

「蜘蛛屋敷に参るぞ」

「たった今から？」

忠行たちを見送ったばかりの言葉に香夜は驚いた。

「暗いうちの方がなにかと動きやすい。どうせ人のおらぬ廃屋。遠慮は要るまい」

「屋敷のある場所は？」

「知っておる。昔はこの都に暮らしていた」

忠峯は笑って、

「そなたらの後を尾《つ》いてきた者は、どうやら忠行の行方が気になると見える。気配がなくなった。なればこそ今が好都合」

「我らの後を尾いて来た者があると！」

香夜の眉《まゆ》がぴくりと動いた。香夜にはなにも感じられなかったのである。

「恐らく以前にこの屋敷を探っていた者。そなたにも気取られぬとは侮れぬ腕。正体を見極めるまでは無駄な争いを避けるが無難」

「忠行が危うくなりませぬか？」

「襲う気ならとっくにやっている」

「なぜそれを忠行に教えてやりませぬ？」

「今夜は無事と見たからだ。それにまさか葛城山まで尾いては行くまい。都を出て忠行らの行き先の見当をつければ引き返す」

「ここでもし忠行の身になにかあれば……」

「忠行のことがそれほど気になるか」

忠峯は目を細めて香夜を眺めた。

「心配ない。また、今を乗り切れぬようでは先が知れておる。忠道とおなじ道を辿《たど》る」

「お身内のことにござりましょうに」

冷たい言い方に香夜は口を尖《とが》らせた。

「いつも側には居てやれぬ。敵とて一人のときを狙って参ろう」

忠峯は取り合わずに外出の支度にかかった。

忠峯と香夜は無言で歩き続けた。歩きと言っても小走りの犬でさえ追い付けぬ速さだ。

蜘蛛屋敷にもわずかで辿り着く。

「屍臭《ししゅう》がいくつも交じり合っておるな」

荒れた庭に踏み込むと忠峯は嫌な顔をした。

「しかも新しい。忠道を操っていた鬼がここを住まいにしていたのは間違いない」

「お気をつけなされませ」

香夜は刀を引き抜いて暗がりに目を配った。

「潜んでおる様子はない。居るとすれば浮かばれぬ魂魄《こんぱく》であろうぞ」

忠峯は腐れた濡《ぬ》れ縁に立って中を覗《のぞ》いた。

「蜘蛛は嫌いであったな」

忠峯は香夜を振り向いて言った。

「うようよ蠢《うごめ》いている。しかも相当な大蜘蛛」

「楽しそうに口にしないでくだされ」

香夜の足がその場に固まった。

「手出しせねば蜘蛛は襲って来ぬ。いい機会じゃ。今夜で蜘蛛にも慣れよう」

笑って忠峯は奥へと向かった。覚悟を決めて香夜も続いた。いきなり香夜の顔に蜘蛛の巣が絡み付いた。香夜は蹲《うずくま》った。

「ただの蜘蛛の巣。忠行が見ればどう思うか」

「分かっております」

糸を乱暴に手で払って香夜は立った。床に落ちた大蜘蛛が慌てて逃れて行く。それを見て香夜の気持ちも少し落ち着いた。怖がっているのは蜘蛛の方だ。香夜は闇に目を凝らした。何十四もの蜘蛛が部屋の四方に固まっている。香夜は大きく息を吸って吐いた。

「なにもせぬと分かったであろう」

忠峯に香夜は何度も首を縦に動かした。

「蜘蛛を飼い慣らして術に用いる者もある。目の前に飛ばせばたいがい慌てるでな」

忠峯は一匹の蜘蛛を拾って背中を撫《な》でた。

逃げようとした蜘蛛が静かになる。

そっと掌《てのひら》を返して指先を床に向けると蜘蛛は糸を引きながら下りて行った。忠峯は床に落ちている小石の上に蜘蛛を下ろした。そして軽く手を上げる。蜘蛛は必死でしがみついていた小石ごと宙に浮いた。糸がまだ忠峯の指に繋《つな》がっていたのである。

「恐れてはならぬ。おなじ生き物」

言って忠峯は蜘蛛を放してやった。

「遊んでいる場合ではないな」

忠峯はふたたび奥を目指した。香夜の怯《おび》えはすっかり取れていた。

「この先の小部屋か」

忠峯は妖気《ようき》を察して睨《にら》み付けた。

渡殿の向こうの部屋の中に霊気が渦巻いている。が、それは忠峯にばかり分かることで、香夜にはただの暗闇としか感じられない。

「ここで待て」

忠峯は逸《はや》る香夜を制した。

「鬼ではない。が、憑《つ》かれては厄介」

素直に香夜は従った。

忠峯はゆっくりと闇に歩を進めた。

荒れ果てた屋敷の中にあって、この小部屋だけはしっかりと残っている。屋根の軽いせいで崩壊から免れたものらしい。床には筵《むしろ》が敷かれ、飯粒のこびりついた椀《わん》や瓶子《へいじ》が転がっていた。干涸《ひから》びていない飯粒からも近日までだれかがここに潜んでいたと想像できる。灯明皿を見付けて忠峯は火を点《とも》した。壁や床には夥《おびただ》しい血痕《けっこん》が見られた。部屋の片隅の床が剝《は》がされている。忠峯は床下を覗き込んだ。深い穴が掘られていて、底には血溜《ちだ》まりができていた。酷《ひど》い臭いだ。屍臭はここより発せられていたものだ。血溜まりには腕や腿《もも》と思われる肉の塊も沈んでいる。

「これでは浮かばれぬのも当たり前」

思わず口にした忠峯の耳に啜《すす》り泣きが聞こえた。何人かのものが重なっている。

「二人や三人の血ではない。掘り返されてどこぞに運ばれたな。羅城門にか？」

啜り泣きがさらに強まった。

「哀れであるがどうにもならぬ。必ず仇《かたき》は取ってやる。迷わずに成仏いたせ」

忠峯は血溜まりに手を合わせて祈った。

「痛いよう！　苦しいよう！」

血溜まりが見る見る膨らんで穴の底から柱のごとく立ち上がった。血柱の表面にいくつもの娘の顔が浮かんで忠峯に訴えた。

「寂しいよう！　怖いよう！」

啜り泣きが絶叫に変わる。

そこに飛び込んで来た香夜はあまりのことに絶句した。真っ赤な血の柱が大蛇のように忠峯に絡み付き、飲み込もうとしている。

「お師匠さま！」

「近寄るな」

忠峯は低い声で命じた。

「気が晴れるまでさせておかねば成仏せぬ。ばかりかそなたにも付き纏《まと》う」

「で、でも――」

「数が集まってかほどの力となっておるだけ。一人一人は知れておる」

忠峯は平然として祈りに戻った。

「悲しいよう！　暗いよう！」

いくつかの顔が香夜を見詰めて泣いた。

「悔しいよう！　辛《つら》いよう！」

胸に突き刺さるような訴えだった。

「なにをしてやればいい！」

香夜は叫んだ。

それに応じて忠峯に絡み付いていた血の柱が、その先端を香夜に伸ばして来た。

「みだりに魂魄と口を利いてはならぬ！」

忠峯はかっと目を見瞠《みひら》いて叱った。

「導いてやるのは儂《わし》じゃぞ」

その言葉で血の柱が忠峯に戻る。

「互いに手を繋《つな》いで天に上がるがよい」

忠峯は右手を高く空に掲げた。血の柱がその腕をくるくると回りはじめる。道がようやく見えたようで真っ直ぐ天を目指す。屋根を突き破って血の柱が昇って行った。

「嬉《うれ》しいよう！　明るいよう！」

歓喜の声が耳鳴りのように残った。

呆然《ぼうぜん》と香夜は空を見上げていた。

破れた屋根の穴から綺麗《きれい》な星が見える。

「今の は……なんだったのです？」

我に戻って香夜は訊《たず》ねた。

「鬼にいたぶられて殺された娘どもの魂魄。あのまま成仏せねば、やがては鬼ともなりかねぬ。早く捜し当てられたのは幸い。忠道はそれを案じていたのかも知れぬな。姿をくらませてしまった鬼の棲家《すみか》を教えたとてなんにもならぬ。確かにそうかも知れん」

「でも、娘たちの死骸《しがい》は検非違使《けびいし》のところに」

「普通は体に付いて回るが、ここには何日も埋められていたのであろう。弱き娘たちだ。互いを頼りにして居残っていたのだ」

「無残な仕打ちを」

憤怒の顔で香夜は部屋を見回した。

「操られてのこととは言え、やったのは忠道。なんとも気が重い」

忠峯の声は沈んでいた。

「不憫《ふびん》と思うたが、ああなって忠道は幸せと考えねばならぬの。これで鬼が離れた」

「これは呪符《じゅふ》と見えます」

筵の下から食《は》み出ている紙を見付けて香夜は一瞥《いちべつ》すると忠峯に手渡した。

「ほほう、これはまた奇妙なもの」

忠峯の目に軽い困惑が見られた。

「なんの呪符です？」

「鬼の力を減ずる呪符だ」

「……？」

「まさか己れの力を減ずる呪符を用いるはずがない。そこが不思議。と言うて、ここに忍び込み、鬼に気取られもせずこの呪符を置いて行ける者があるとも思えぬ。そんな腕があれば鬼にまっとうな勝負を挑もう。実に奇妙と申したはそのこと」

「しかし、だれぞの仕業には違いなきこと」

「娘たちをあっさりと成仏させるのではなかったな。なにか承知だったかも知れん」

忠峯は口をへの字に結んだ。

「道真公の怨霊《おんりよう》騒ぎ……術士による掻《か》き回しと睨《にら》んでいたが、あるいは本物やも」

「するとこの呪符は！」

「道真公の魂魄《こんぱく》を操る呪符にしては力が足りぬような気もするが……」

「鬼がなぜ怨霊まで操るのです？」

香夜は信じられない顔をした。

「儂にも分からん。考え過ぎか」

忠峯は苦笑いした。

「お師匠さまにも分からぬことがあるのですね」

香夜もにっこりとした。


「何者であろう？」

蜘蛛《くも》屋敷を遠くに見下ろす高い松の枝に立って桔梗は小首を傾げた。後始末のためにこっそりと館《やかた》を抜け出て来たのだが、人の気配を悟って離れた場所から様子を見ていたのだ。

「いずれ只者《ただもの》ではあるまい。突き止められたからには近寄らぬが安心じゃぞ」

泥人形が桔梗の懐ろから顔を出して言った。

「そうはいかぬ。おまえの脚を床下に隠してある。あの者らの知らせで検非違使らに踏み込まれでもすれば後が面倒」

桔梗はするすると枝を伝って道に下りた。

「床下に隠していただと！　気付かんかった」

「見付からぬよう呪符で消していた」

「まったく小狡《こずる》いやつだ。女に乗り移ったらますます意地悪く見えてきおったぞ。そんな警戒をせずとも最後まで手助けすると請け合ったであろうに。そろそろ脚を与えてくれ」

「こちらも鬼ゆえ鬼の心が分かる。解き放てば恩も忘れて好き勝手をしよう」

桔梗は鼻で笑った。世にも美しい顔立ちだけに逆に残酷な笑いと映る。

「おまえと組んでいれば面白い。信用しろ」

泥人形は懸命に頼み込んだ。

「この体では力を半分も出せん。別々に動けぬではおまえにも不都合のはず」

「まだこの体に乗り移ったばかり。多少はこの体で楽しむ。派手に動くのはそれからだ」

「ついでだから白状するが、いかにもおれはただの怨鬼《えんき》。道真ではない。やれと言うなら続けても構わぬが、道真のふりをしてどんな得がある？　おまえにも公卿《くぎょう》らに恨みはあるまい。そこがどうも分からぬの」

「この国を支配する者の体を奪うのが狙い。それには近付く策を考えねばなるまい。この女の体なら使いようがある」

「馬鹿馬鹿しい。美しき女や男の体が目当てなら市中にいくらも見付かろう」

「怨鬼ごとき者には分かるまい」

「なにが分からぬ？」

「愉悦の大きさというものがだ。それをやがてはおまえにも示して見せる」

「とんでもない者に見込まれたものよ」

泥人形は吐息した。

「いま一つ解せぬのは忠道」

桔梗は首を傾げて、

「放てば即座に捕らえられると見たに、なんの騒ぎにもなっておらぬ。虚ろの身とした。一人ではどこにも行けぬはず。近くの藪《やぶ》にでも入り込んで果てたのであれば問題もないが……」

「じゃから殺せと言うたではないか」

「検非違使に任せるのが良策と思うた。それで周りが静かになる」

「今の者ら、忠道より子細を聞き出して参ったのではないか？」

「子細を聞き出すなど」

桔梗は冷笑した。有り得ない。

「なればなんでこの館を承知なのじゃ」

「忠道が今どこに在るか探れるか？」

桔梗は泥人形に質《ただ》した。

「知らんな」

「嘘をつけ。怨鬼であろうに」

「自分から解き放っておきながら、今度は探せと言うのか。いい加減にせいよ」

「怨鬼は主人に従うもの。違うのか？」

「主人による。第一、信用しておらんのはおまえの方であろう。そう腹を探り続けられていては気も萎《な》える」

「忠道の行方も突き止められぬ力であれば知れている。買い被《かぶ》っていたらしい」

桔梗は泥人形の頭を摑《つか》むと懐ろから取り出した。握っている手に力を込める。

「こ、こりゃ、なにをする。頭が割れるわ」

「なんの力もなき怨鬼など要らぬ。侮るな。ここまでくれば己れの力でも遂げられる」

泥人形の頭に細かな罅割《ひびわ》れが生じた。

「ま、待ってくれ。こっちが悪かった。いかにも主人はおまえ。勘弁してくれ。この指を緩めろ。せっかく得た体。よう分かった」

泥人形はばたばたと腕を動かした。

「なにが分かった？」

「忠道の居場所を教えればよいのであろう」

「どうやって突き止める？」

さらに桔梗は握りに力を入れた。

「まず指を離せ！　痛くて返答もできん」

「よし」

桔梗は左手に泥人形の体を持ち替えた。

「おまえと一緒では命がいくつあっても足りんな。肝が縮んだぞ」

「本当に行方が分かると言うのだな」

「おれは忠道の懐ろの中にずっと入れられておった。一心同体のようなもの。この体の泥が忠道にくっついている。その気になればなんとかなろう」

「なぜできぬと偽った」

「駆け引きくらいだれでも用いよう。突き止めた褒美に脚を戻して貰《もら》おうと思っただけ。おまえには脚のない情け無さが分かるまい」

「油断のならぬ真似ばかりするからだ」

「唾《つば》を塗って罅《ひび》割れを繕ってくれ。このままでは割れてしまいかねぬ」

「忠道の行方が先だ」

「泥には菅原道真の骨屑《くず》が混ざっている。つまりはこの世に二つとない泥。後を追うのはたやすい。忠道が居なくなった場所から楽に辿《たど》ることができる」

「ではおまえの脚を床下から掘り出して忠道の後を追うこととしよう」

「その顔ではまだまだ脚を戻しそうにないの」

泥人形はしゅんとなった。

「手助けすると言いながら直ぐに嘘をついたのはだれだ？」

「そりゃそうだが……悪かった」

泥人形はぺこりと頭を下げた。

「もう二度と嘘は口にせぬ。この通りだ」

「脚を別の場所に隠すまで寝ておれ」

桔梗は袖《そで》に潜ませていた呪符で泥人形を包んだ。泥人形は固まって動かなくなった。

やがてその呪符が剝《は》がされた。

いつの間にか桔梗の住む館に戻っている。

この庭から忠道が解き放たれたのである。

「脚はどうなった？」

真っ先に泥人形は訊《たず》ねた。

「安心いたせ。この庭に埋めてある」

桔梗は薄笑いを浮かべた。

「夜明けには間がある。参るぞ」

桔梗は裏門を抜けて道に出た。

「あっちだ」

泥人形は左に向かうよう指示した。

「どうして分かる？」

「おれには見える。白い筋がな」

泥人形は得意そうに応じた。

「こうして手間隙かけずとも脚があれば空を飛んで瞬時に居場所を探り当ててやるものを」

「おまえ、空が飛べるのか」

桔梗はぎょっとなった。

「そうでなくては怨鬼《えんき》の役目が勤まらぬ」

「ふうむ」

「なんだその顔は」

「ますます脚が戻せなくなった。いいことを教えて貰ったと思ってな」

「そ、それはなかろう。おれはおまえの従者になると覚悟を決めた。信じてくれ」

「今までは従者になる気などなかったのか」

「そう揚げ足ばかり取るな。言葉の綾《あや》ぞ」

「手柄を五つ立てたなら脚を戻そう。こっちも腹の探り合いは飽きてきた」

「五つじゃな。忠道の行方を探るのはその一つに入るのか？」

「そう思って力を発揮しろ」

「ありがたい。これで張り合いができた」

泥人形は闇夜に目を凝らした。

「三つ目の角を右に折れておる」

泥人形の命ずるまま桔梗は歩きはじめた。

「また通りに出ておるが、あの屋敷に入ったのは間違いない」

泥人形は断言した。

「だれの住まいする館《やかた》かの？」

桔梗は真っ暗な館を覗《のぞ》き込んだ。

「そこまでは知らん。どうする？　もはや忠道はここにおらんぞ。急がねばなるまい。夜明け前には寝所に戻っておらんとまずい。忠道の行方を突き止めるのが大事」

「なれど気になる」

「場所が知れたのだ。明日にでも人を遣わして探らせればだれの屋敷か分かろう」

確かに、と桔梗も頷《うなず》いて従った。

「だがこれで忠道が途中で果てもせず、検非違使《けびいし》にも捕縛されておらぬのがはっきりした」

桔梗は言って舌打ちした。

「蜘蛛《くも》殿に現われた二人の住まいと見たぞ」

「そんなことは百も承知。気に懸かるのはそれが何者かと言うことだ」

桔梗は館を振り向いて口にした。

〈蜘蛛屋敷から尾《つ》けられていたにしては……〉

間が開き過ぎている、と忠峯は思った。

気配を寝床で感じ取ったのである。半身を起こせば逆に気取られる。それで息を殺していたのだが、どうやら立ち去ったらしい。

この何日か屋敷を見張っている者の気配とは異なっている。

忠峯は床から抜け出ると庭に下りた。

〈この甘い香り……女か〉

衣に焚《た》き込んだ香の匂いと思える。常人には嗅《か》ぎ取れない微《かす》かな匂いだが忠峯には明瞭《めいりよう》に分かった。

〈真夜中に女の一人歩き……〉

しかも香の匂いのする衣を纏《まと》っているとなれば、ただの女では有り得ない。

〈追ってみるか……〉

とも思ったが、忠峯は一人首を横に振った。

できるなら相手の技量を見極めてからの勝負が賢明というものだ。相手とて自信があればこそ一人で現われたのだろう。誘いの罠《わな》とも考えられる。

〈だが……〉

なぜこの屋敷が知れたのか、さすがの忠峯にも想像がつかなかった。やはり尾けられたとは思えない。気を配っていたはずだ。

「お師匠さま、いかがなされました」

香夜の囁《ささや》きが背後からした。

「なんでもない。眠れなんだだけだ」

忠峯は微笑んで部屋に戻った。

香夜は束ねていた髪を長く垂らしている。

胸の膨らみの優しい、美しい娘である。

「たまには香を焚いた衣でも着ればどうだ」

思わず忠峯は口にした。

「儂《わし》の側に居たとてろくな目に遭わんぞ」

「なにがありました？」

香夜は不審の目を忠峯に注いだ。

「この先なにが起きるか知れぬ。これまでのように呑気《のんき》にはしておられまい」

「やはり何者かがここに！」

「そなたを死なせるわけにはいかぬでな」

「…………」

「床に戻れ。儂の気のせいじゃ」

忠峯は香夜を下がらせた。

「いい加減にいたせ」

桔梗は声を荒らげて足を止めた。

「本当にこの田舎道を辿《たど》ったと言うのか」

泥人形の言う白い筋が見えない桔梗には当てもなく彷徨《さまよ》っているとしか思えなくなった。

「おれとて手柄を立てたい。嘘ではない」

「この道の先にはなにがある」

「おれに分かるものか。筋はどこまでも続いている。こりゃ出直す方がよさそうだ。これ以上進めば夜明け前には戻れなくなる」

「検非違使を恐れて都から逃れたか」

「かも知れんな。都とはだいぶ離れた」

「一人では満足に歩けぬはず。だれぞ道連れがあったに違いない」

「じゃから脚を戻せと言ったのだ。空を飛べばそれも簡単に突き止められた」

「とんだ無駄足となった」

まさか都を出る羽目になろうとは考えもしなかったことだ。

「今は館の者に怪しまれぬのが大事。口惜しいが引き返すとしよう」

「心配ない。三、四日は筋も消えずに残っておる。次は馬で追えばよい」

泥人形は桔梗に請け合った。

そうと決まれば急ぎ足で都に戻る。

歩きやすいよう薄着で出てきている。

その道を二人の男に塞《ふさ》がれた。

「おお、こりゃあ夜盗にでも襲われたか」

この寒い時節、夜着と思《おぼ》しい格好の桔梗を見て二人の男らは下卑た笑いで近付いてきた。

「出るまでもない」

桔梗は泥人形を懐ろ深く押し込んだ。

「でなきゃ狐の化け損ないか」

一人が松明《たいまつ》を桔梗の顔面に突き出した。

お、と男らは絶句した。

桔梗の美しさにたじろいでいる。

「こ、こんな夜更けになにをしている」

「月明りに誘われて宿を出ただけじゃ。道に迷うて困っていた。歩き通しで汗も掻《か》いた」

「それで上の衣を捨てたのか」

「宿まで戻してくれれば礼をする」

うへへへ、と二人は顔を見合わせて、

「どんな礼をしてくれる？」

桔梗ににじりじりと迫った。

「見れば大層な身分のようだが……あいにくとおれらは夜盗。宿の中までは入られぬ」

「宿の前でよい。銭はだれぞに持たせる」

「おれらを恐れてはおらぬのか？」

「裸同然の身。盗られる物はなにもない」

「さすがに高貴な女は違うのぅ。男を馬鹿にしなれている。震えてもいやしねぇ」

男の一人が桔梗の顎《あご》に指を当てて上げた。

「わらわの体が望みか？」

桔梗はにっこりとした。

「そうだと言ったらどうする？」

舌なめずりをして男が顔を接近させた。

「宿までおぶってくれるか？　くたびれた」

桔梗は男の首を両腕で抱いて甘えた。

「眠くてかなわぬ。体など好きにいたせ」

桔梗は男に口づけして舌を入れた。男の体から急速に力が萎《な》えていく。男は桔梗の細い腰を抱き締めた。男の腕が下に伸びる。

「なんでおぬしが先なのじゃ！」

見ていた一人が桔梗の背中に抱き付いた。

「おまえもわらわの唇が欲しいか」

振り向いて桔梗は男の口を吸った。

三人は縺《もつ》れるように草原に倒れた。

一人が桔梗の腰紐《こしひも》を解きにかかる。もう一人は口を吸いながら乳房を揉《も》んだ。懐ろから泥人形が転げ落ちた。男らに押し潰《つぶ》されるのを恐れて泥人形が這《は》って逃れても気付かない。

「なんという柔肌じゃ、堪《たま》らん」

襟を広げて胸に顔を埋めた一人が桔梗の体を舐《な》めはじめた。もう一人はすでに桔梗の足を大きく開かせて秘処に指を差し入れている。

じゅくじゅくと溢《あふ》れる蜜《みつ》をすくって舐める。

「おお、甘露。これが高貴な女の味か」

歓喜の声を発した男の男根に柔らかな桔梗の指が伸びた。男は呻《うめ》いた。桔梗の指使いは絶妙だった。小指が睾丸《こうがん》の裏までくすぐる。破裂するほどに膨らんだ男根を弄《もてあそ》びつつ上下に指を滑らせる。

「そなたのものはわらわの口に」

桔梗は乳房を舐めている男の顔を上げさせた。男は勇んで男根を引き出して桔梗に含ませた。桔梗の舌が亀頭を包み込む。

「こ、これはなんという心地好さ」

たちまち射精に至ろうとしたその瞬間——

二人の男は同時に絶叫した。

桔梗の右手は握っていた男根をぐるりと捻《ひね》り回し、含んでいた男根を歯で食い千切ったのである。桔梗は素早く立ち上がった。

男らは前を押さえて悶絶《もんぜつ》していた。

勃起《ぼっき》していた男根を捩《ね》じられれば死ぬほどに苦しい。嚙《か》み切られればなおさらだ。

「楽しんでやってもよかったが、戻らねばならぬ身。わらわと遭うたのが不運と思え」

桔梗は哄笑《こうしょう》すると泥人形を拾い上げて懐ろに押し込んだ。転げ回っている二人にはその笑いに泥人形のものが混じっていることも分からない。

桔梗は悠々とその場を離れた。

「どうする気かと案じたぞ」

泥人形はくすくす笑った。

「下賤《げせん》の者相手ではその気になれぬ」

「なかなかの見物じゃった。捻り潰《つぶ》しか」

「この女の体、やはり選んでよかった。男どもが群がってくる」

桔梗は満足そうな顔をした。

3

加茂忠峯と聞かされても桔梗にはどういう者であるか分からなかった。だが、調べを頼んだ郎党に詳しく質《ただ》すうち、その館《やかた》に同居している忠行が忠道の弟であると知った。半分は得心して桔梗は郎党を下がらせた。

「おまえたちも下がってよい。少し一人で考えたいことが」

桔梗は女たちも遠ざけた。

「忠道の弟とは不思議な話じゃな」

桔梗一人になると泥人形が懐ろから顔を出した。桔梗も小さく頷《うなず》いて、

「たまたま通りに居たとは思えぬ。この先はだれに探らせればよいものか……」

「そんな必要があるのか？　邪魔になりそうなのは分かりきったこと。住まいは承知。今夜にでも出掛けて殺せば面倒がない」

「どこまで突き止めて、だれにまで話しているか分からぬ。でなければ怪しき者を際限なく殺していかねばならなくなる」

「そういうたらたらしたことは性に合わん」

「頭が足りぬせいだ」

「たとえ知れたところでおまえなら別の者にすぐ乗り換えられる。今夜か明日にはおまえを囲っている者が訪ねてこよう。内裏では相当な地位らしい。滅多な者には手出しができぬ理屈ぞな」

「この体が好きじゃと言うたはず。それに男より女の方が肉の喜びが得られる」

「危ないと分かっていてもか」

泥人形は呆《あき》れた。

「なればこそ慎重に敵の様子を探ると言うたのだ」

「この屋敷の者はもういかんぞ。なんで気にするかと怪しまれる」

「だったらおまえが調べろ」

「脚を戻してくれたらの」

「その体でも空を飛べるのであろう」

「な、なにを言う！」

「脚を取り戻すまで飛べぬふりをしていると見た。飛ぶのに脚がどんな関係がある？」

「そ、そりゃ脚がないと方向が定まらぬ。体もくるくる回って落ち着かぬのよ」

「つまりは飛べるということだ」

「本当におまえは嫌なやつじゃのう」

「懐ろの中でときどきおまえが軽くなった。それでもしやと思ったのだ」

「…………」

「忠道の行方と忠峯がどういう者であるのか探り出して参れ。それで手柄を二つと数えてやる。嫌であれば戻らずともよいぞ。その代わり脚は明日にでも砕いて捨ててやる」

「分かった。役目は果たす」

泥人形は桔梗の懐ろから抜け出た。床に転げ落ちそうになる。が、床のわずか上でその体が止まった。くるくると回転している。腕で体勢を作って泥人形は宙に静止した。今度はゆっくり上昇して桔梗と向き合う。

「へへへへ」

「へへへへではない」

桔梗は泥人形の頭を拳《こぶし》で叩《たた》いた。

「どちらが油断のならぬ者だ。這《は》い歩きしかできぬと見せ掛けおって。これなら昨夜のうちに忠道の行方も突き止められたはず」

「ま、そう怒るな。おれの身になってみれば分かろう。これでもう隠しごとはない」

「少し飛び回って見せよ」

桔梗は命じた。

泥人形はそろそろと動きだした。頭が左右に振れている。なるほど動きがぎこちない。

「な、こんな具合じゃ。速さを上げれば体が回りはじめる。これでは壁にぶつかりかねん。脚を戻せというのはこういうことぞ」

「空高く上がればぶつかるものがない」

「そうじゃが、こっちの目が回る」

「よく文句が好きな者」

桔梗は腕を伸ばして泥人形を摑《つか》んだ。

「な、なにをする」

「回るのは頭が重いからだ。脚の代わりに重しを結び付けてやる。それで回りが少なくなろう」

「お、それは妙案かも知れん」

泥人形も喜んだ。

桔梗は部屋を探して水晶の数珠《じゅず》を見付けた。手頃な重さであった。桔梗はその数珠を紐《ひも》で泥人形の腰に結び付けた。だらりと下がった数珠で泥人形の体が宙に安定する。

「うん、これはよい」

すいすいと泥人形は飛び回った。頭が左右に振れることもない。

「このまま逃げてしまいそうな顔だな」

「馬鹿を言え。脚とは較べられんさ」

「では行け」

「忠道の方は行方を突き止めるだけでよいのか？　殺しを引き受けても構わぬ」

「おまえの判断に任せる。どうせ虚《うつ》ろの身」

「殺しても三つ目の手柄とはならんか？」

「そう手柄の安売りはいたさぬ」

「まっことしっかりした者よ」

泥人形は苦笑いして、

「半日とはかかるまい。夜には戻る」

人目を警戒しながら外に飛び出した。


〈おお、この心地好《よ》さ、ひさしぶりじゃの〉

空の高みより見下ろして泥人形はのびやかに両腕を広げた。この高さにあれば下から見られても鳥としか思われない。都の町並みも小さく見える。黒ずんだ屋根と屋根の合間に白い筋が引かれている。忠道の痕跡《こんせき》だ。

〈都からだいぶ遠くに向かっておるな〉

どこまでも続いていて先が見えない。

〈にしても人遣いの荒いやつ〉

泥人形は桔梗の居る館の屋根を見下ろした。

〈先が思いやられるわ。あの悪どさにはおれでさえ負ける〉

思って泥人形はくすくす笑った。

〈が、退屈凌《しの》ぎにはなる〉

泥人形は白い筋を追いはじめた。

葛城山《かつらぎさん》は加茂一族の遠祖にあたる役小角《えんのおづの》が開いた霊山である。それより古くは天皇と対等と見做《みな》される一言主神《ひとことぬしのかみ》の暮らす神山として敬われていた。その歴史もあってこの山には加茂一族ばかりか多くの術士たちが籠《こも》って修行に励むようになった。弓削道鏡《ゆげのどうきょう》もその一人とされている。忠道が幼い時分からここへ籠っていたのはそういう関わりであったのだが、泥人形はなにも知らない。山の名さえ知らずにただ白い筋に導かれて踏み込んだだけである。しかしさすがにそこは怨鬼《えんき》。なにやら他とは違う気配を山道に入って間もなく察知していた。

〈空に上がった方がいいかの〉

だがそれだと白い筋が枝葉に隠されて見えにくくなってしまう。

〈嫌なものがあちこちに据えられておる〉

泥人形は細い道の傍らに立てられている魔物封じの苔《こけ》むした石碑に憎々しい目を注いだ。欠けたり罅割《ひびわ》れたりして呪文《じゅもん》の効き目がなくなっているのが幸いだ。それでも明らかに飛行の速度は落ちている。山全体に結界が張り巡らされているのかも知れない。

〈こんな場所があろうとはな……〉

白い筋はまだまだ上に伸びていて、泥人形を圧する力も次第に強まっていく。

〈この山に忠道がおるのは確かだ〉

白い筋は引き返していない。

〈行方は突き止めたことになる。面倒に巻き込まれぬうちに戻るか〉

と思いつつも泥人形は前に進んだ。好奇の心を抑えることができない。

「ちっ」

泥人形の体が道の高いところに張られていた糸に引っ掛かった。からんからんと板の打ち鳴らされる音が遠くで響いた。侵入者を探る仕掛けであろう。

〈おれとしたことがしくじった〉

白い筋に気を取られていたせいだ。

泥人形は慌てて高みに逃れた。

細い道を駆け下りてくる何人かがあった。

その先に屋根が見える。

〈忠道が潜んでおるのはあそこか〉

泥人形は一人頷《うなず》いた。それが分かれば道に戻ることもない。泥人形はゆっくり接近した。

と——

屋根の下から何枚かの白い紙が浮いてきた。風に舞い上がったものとは見えない。屋根の周りを意志あるがごとく探っている。

〈式神ではないか〉

泥人形は反転して離れた。

〈どういうことだ？〉

まるでこちらの潜入を予測していたとしか思えぬ行動である。これでは迂闊《うかつ》に近寄れない。泥人形は迷わず撤退と決めた。ここが駄目でも忠峯という手掛かりが残されている。

〈ただならぬことになってきた。あの忠道、ただの男ではなかったのか？〉

泥人形は盛んに首を捻《ひね》った。ろくな調べもせずに乗り移るからこういうことになる。

一刻後。

泥人形は忠峯の住まいの真上に浮かんで屋根を見下ろしていた。人間であれば何食わぬ顔をして近所の者らに問い質《ただ》すこともできるが、泥人形ではどうにもならない。こうしてしばらく出入りを見守ることに決めたのだ。気を集中すれば中の声も聞き取れる。

〈あの者もやはり……〉

見張っているようだ、と気付いて泥人形の目は屋敷から離れた道に佇《たたず》む男に注がれた。いつまでもその場所から立ち去らない。

〈しかし……〉

あそこからでは中の様子など知れないはずである。それで見張りの役目を果たせようか。

〈どうも奇妙な者らが関わっておる〉

と──

その僧形の男が空に顔を向けた。泥人形はびくんとした。この高さでは豆粒にしか見えないと思うが安心はできない。鳥のふりをして空に輪を描いてさらに上へと逃れる。

〈まさかな〉

泥人形は自分の抱いた恐れを笑い飛ばした。

これほど離れている。気を悟られるなど有り得ない。一息吐いた瞬間──

男から発せられた気の固まりが泥人形目指して飛んできた。泥人形は辛うじて躱《かわ》した。突風に煽《あお》られて体がくるくる回る。まともに浴びていればどうなったか分からない。

〈こりゃ容易ならざる相手〉

泥人形は肝を冷やした。

ここで攻め返せば屋敷の忠峯にも気取られる。鳥と思わせて様子見するしかない。泥人形は心を殺して飛び回った。

男の目はまだ泥人形に向けられている。

隠し切れない、と覚悟を決めたとき、屋敷の庭に二人が出て来た。男の注意がそちらへと逸れる。泥人形は安堵《あんど》した。

〈なれど……〉

恐ろしい男、と泥人形はしみじみ感じた。自分には庭に出て来た二人の姿が見えても男に見えるわけがない。気配で知ったのだろう。

「お師匠さま、なにか？」

小さな声が泥人形に届いた。二人のうち小柄な者の発したものだ。女の声と思われる。

泥人形は耳を澄ませた。

「なにやら争いがあったようだの」

一人が僧形の男の潜む方角に目をやって、それから泥人形の浮かぶ空を見上げた。

〈なんという者らじゃ！〉

泥人形は仰天した。

「ずいぶんと喧《やかま》しくなってきた。これでは忠道の身もどうなっておるやら」

またまた驚く言葉を口にする。

〈ひとまず知らせるのが大事じゃな〉

泥人形は静かにその場から逃れた。


桔梗はまぐあいの最中だった。薄幕で四方を囲まれた帳台の中でのこととは言え、よがり声は隠せない。側に控えている女たちも尻《しり》をもそもそと動かして疼《うず》きを堪《こら》えている。それほどに中の二人の動きは激しい。帳台が大きく揺れている。ようやく男の果てる声が上がると女たちもがっくり肩を落とした。いずれも荒い息となっている。

「水を持て」

垂れ幕を掻《か》き分けて源光が顔を見せた。

「これこれ止《よ》さぬか。もはや無理じゃ」

男根を嘗《な》められてでもいるのか光はにやついた笑いで制した。

「なにやらいつもとは違うの。そんなに儂《わし》が愛《いと》しいか。儂とておなじ気持ち。安心せい」

光はがぶがぶ水を飲んで帳台から出た。

冬というのに汗が湯気となっている。

「こないに腰がくたびれたのははじめてぞ。なにもかもそなたに抜き取られてしまうのではないかと思うた。疲れたが小気味良い」

言った途端、光は腰砕けとなった。不様に両手をつく。女たちが両腕を抱えた。

「ふらふらじゃ。歳じゃの」

それでも光は得意そうだった。

「二度続けて精を出した。そのせいじゃ」

全裸で胡座《あぐら》をかいて光は大笑いした。

「泊まっていきたいが、これでは殺される」

女たちに汗を拭《ふ》かせて光は上機嫌だった。

光と女たちが消えると泥人形は帳台の天井から下りて中に潜り込んだ。

「あんな膨れた男でも楽しめるものか？」

泥人形はからかった。

「そんなことより役目は果たしたか？」

裸で手枕をしたまま桔梗は訊《たず》ねた。

「そのことよ。どうやら侮れぬ者ら。呑気《のんき》に構えてはおられぬぞ」

泥人形は詳しく桔梗に伝えた。

「忠峯の屋敷を見張っていた僧の正体は分からぬが、いずれにしろ相当なてだれ。蜘蛛殿のこととて忠峯が聞き出したものであろう。下手をすれば儂らのこともとっくに――」

「知られておると言うのか」

「ここはやはり別の者に乗り移るのが安心。その上でじっくり策を練るとしよう」

「とは気弱じゃの」

桔梗は鼻で嘲笑《あざわら》った。

「言うてはなんだが、おまえにどんな力がある？　まぐあって相手に乗り移るしか能があるまい。それとも隠している力でもあるか」

泥人形は桔梗の柔らかな胸をいじくりながら意地悪そうな顔で言った。

「この女の頼みとあれば光はなんでも聞く。巷《ちまた》の術士を捕らえて殺すなど簡単なこと」

「そんなにたやすい相手とは思えぬ。空にあったおれの気配を即座に察した」

「堅い指で乳首に触れるな」

桔梗は泥人形を撥《は》ね除《の》けた。

「おれは構わぬが痛い目に遭いかねぬぞ」

「歯応《はごた》えのなき者ばかり。面白い」

桔梗はにっこりとして、

「たっぷりと蕩《とろ》かしてやった。光は明日も参ろう。試しに忠峯を襲わせてみる」

自信を顔に浮かべた。

4

「怪しき者らの方から忠峯に接近しておると申すのか」

日蔵の報告に清行は小首を傾げた。

「気配ばかりにて、いかなる者かまでは分かりませなんだが……近頃都を騒がせておる魔物と関わる者にはまず間違いござりますまい」

「どちらが勝つ？」

清行は冷たい目で質《ただ》した。

「魔物が勝ってくれねば困るぞ。加茂の手柄となってしまう。せっかくそなたを呼び寄せた甲斐《かい》がない」

「気配は空からいたしました。心のない式神とも違い申す。空を自在に飛べるとなればなかなか手強い相手。忠峯と申せど簡単には倒せますまい。良くて五分五分」

「加茂忠峯、それほどの術士か」

清行は目に警戒を浮かべた。

「遠く離れて見守る手前の気すら察しておる模様。あれだけの腕の者がおるとは……ご油断召されますな。甘く見れば危のうござる」

「今日の朝議のあとに源光より妙な頼みごとをされた。腕の立つ術士を知らぬかとな」

「先夜手前がちと脅かし申した。口に含んだ臭水に火を放っただけのことにござるが、それで忠行らを頼りなしと見たのでは？」

「それとは違うらしい。葬り去ってしまいたい術士がおるとか。その者の名は言わなんだ」

「……」

「咄嗟《とっさ》にそなたの名を口にしかけたが、ここでそなたと儂《わし》の繋《つな》がりが知れてはまずい。それで忠峯の名を出した」

「……」

「慌てて、今の話、忘れてくれ、と」

「どういうことにござりましょう？」

「葬り去りたいという術士、忠峯のことだったのかも知れぬ」

「それは解せませぬ。宴の晩、館の守りに就いていたのが忠行であるのは承知のはず」

「だから妙な頼みごとと言うたのじゃ」

「源光に忠峯の命を狙う理由など一つも……」

「向こうから頼んで参って、儂が推挙した忠峯を拒むとは奇妙ではないか」

「確かに。裏がありそうに思いまするな」

日蔵も腕を組んで頷《うなず》いた。

「いずれにしろ忠峯から目を離すでない。魔物が忠峯に近付いておるならなおさら。勝ち残った方を片付けてこちらの手柄とせよ」

「お任せを。抜かりはございませぬ」

「忠峯に弱味はないか？」

その返答でも心配らしく清行は訊《たず》ねた。

「孫のような歳の娘を可愛がっております。術の門弟と見ましたが」

「いざというときはその娘を用いよ」

「かしこまり申した」

日蔵も考えていたようで口元を緩めた。


その夜。

忠峯の方も葛城山からの知らせを得ていた。

「忠道の居場所が知られたということだ」

忠峯に忠行も頷きつつ、

「奥深く入り込みながら、なにもせず引き返したことについては？」

「捨て置いても構わぬと見たのか、日をあらためての攻めとしたか、どちらかだ」

「念入りに守りを固めたつもりでしたが、あっさりと道場の間近まで……」

「我らのことも突き止められていよう。なのになにも仕掛けて参らぬ。こちらの睨《にら》みが外れておらねば桔梗と申す女に淫鬼《いんき》が取り付いておる。いかにも滅多に手出しがならぬ相手。そう踏んで様子見に回っておるとも考えられる。源光どのの思い者では厄介。尻尾《しっぽ》を出さぬ限りなにもできん。清行に言うたとて信用すまい。よほどの証《あか》しがないとな……」

「なにゆえ桔梗どのに淫鬼が取り付いたのか……それも解せぬ話」

忠行は吐息した。

「菅公の怨霊《おんりよう》が絡んでいるとすれば有り得る。源光どのも左大臣時平どのと組んで菅公追い落としを画策したお方。右大臣となった身ではなかなか近付けぬ。が、桔梗と申す女に取り付けばたやすい」

忠峯に香夜と清貫は得心した。

「しかし、菅公ほどの怨霊であればそのような面倒なしに近寄れるのでは?」

忠行に忠峯も苦笑して、

「と思うがの。そこが儂にも不思議」

素直に認めた。

そこに外から男の声がかかった。

「この時刻にだれでござりましょう」

清貫が腰を浮かせた。

「ただの客ではあるまい。気を付けろ」

忠峯は清貫に目配せした。

清貫は玄関に急ぎ足で向かった。そしてすぐに戻る。検非違使庁《けびいし》の使いだと言う。

「三善清行さまより忠行さまの手助けを得よとのお指図が。鬼に襲われた死骸《しがい》を化野《あだしの》にて検分中とのことにござります」

忠峯と忠行は顔を見合わせた。

「いかがいたしましょう?」

「そういうことなら行かずばなるまい」

は、と清貫はふたたび引き返した。

「検非違使とは無縁に動けと清行が言ったはず。なにやら怪しいの」

忠峯はにやりとして、

「ようやく仕掛けて参ったか。化野とは鬼に相応《ふさわ》しき場所。死骸の始末にも困らぬ」

「そこまで承知で参るのですか！」

香夜が案じた。

「我らからは手出しがむずかしい相手。むしろありがたい誘いと心得ねば」

忠峯に忠行も覚悟の顔で頷いた。


化野は都の端に設けられた死骸の捨て場である。裕福な者は穴を掘り、土を盛って墓標を立てるが、たいがいは広い丘陵に荷車で運んでそのまま打ち捨てて行く。そうすれば鳥や山犬が綺麗《きれい》に骨にしてくれる。丘陵の上り口には菩提《ぼだい》を弔う寺があるとは言うものの、忌まわしき場所として人は近付かない。夜ともなればなおさらだ。

「野盗でも潜んでいそうな場所ですな」

はじめて化野に足を踏み入れた清貫は、あまりの静けさにぞくっと身を縮めた。市中では夜中でも必ずなにかの音が聞こえる。

「人が避けるところに野盗とて用はない」

忠峯は陽気に笑った。

「それより、そろそろ松明《たいまつ》を消すがよい。目印となる。この月明りで十分」

暗さに目を慣らしておく必要もある。清貫はすぐに松明を捨てて火を踏み消した。

「まこと検非違使なら大勢の声がしよう。やはり敵の誘いと定まった。心して進め」

忠峯は先を歩く忠行に言った。

「嫌な場所だ。風に死骸の臭いがする」

香夜は忠行に耳打ちした。

「それでは陰陽師《おんみょうじ》になどなれぬぞ」

「なる気はない。お師匠さまが好きで側についているだけだ」

「つくづく物好きな者だな」

「お師匠さまがおらねば死んでいた」

「なら、もっと命を大事にしろ。せっかく死なずに済んだのではないか」

「あのときのことを思えば、いつ死んでもいい。だれも私のことなど案じていない」

「おれは死なせたくない」

忠行は香夜に目をやった。

「忠行になんの関係がある？」

「好きだからだ」

「こんなときに、なにを呑気な」

どぎまぎしつつ香夜は忠行を睨み付けた。

「今以外に言えぬかも知れぬ」

「……」

「忘れないでくれ。そして……死ぬな」

「嫌じゃ！　そのときは共に死ぬ。お師匠さまや忠行とおなじところに行く」

「忠行、いい加減にせい」

忠峯が叱《しか》り付けた。

「我らとてここで死ぬわけにはいかんぞ。あまり香夜を心配させるでない」

「その覚悟でなければ戦えぬ相手」

「鬼の気配はするが、微かなもの。大方は人と見た」

「手前にはなにも……」

「香夜に気を取られておるゆえじゃ」

忠行は足を止めて心を一つに集めた。

なるほど、上方の藪《やぶ》の方に自分の心が向いていく。気配とは向かって来るものではなく、こちらの心が無意識に探り当てるものだ。虫の触角の働きと似ている。怪しいと思う方角に気が集中して、そこにだけ鋭敏となる。だれにでも備わっている力だが、鍛練を積めば感じ取れる範囲がどんどん広がっていく。

「待ち伏せにございますな」

「何人と見る？」

「十人程度」

「十五人はおる。まだ修行が足らぬ」

数を聞いて清貫の足がすくんだ。

「そなたらはここで待て」

忠峯は香夜と清貫に命じた。

「これ、言うことを聞かぬか」

知らぬ顔で進む香夜を忠峯は制した。

「二人や三人は私が引き受けます」

香夜はずんずんと坂道を先に行く。

「そなたはいかん」

忠峯は続こうとする清貫を睨んだ。

「もしものときは三善清行の館に走れ。源光の思われ者である桔梗を取り調べよとな」

「もしものときと申されましても……」

清貫は途方に暮れた。

「それがそなたの役目。しかと申し付けた」

忠峯は忠行を促して香夜を追った。

呆然《ぼうせん》として清貫は三人を見送った。


「検非違使ならなぜに藪に潜みおる？」

化野の原の真ん中まで進んで忠峯は叫んだ。

ざわざわと藪が揺れる。

「囲んで火でも放つつもりと見える。わずかの数の我らがそれほど怖いか」

敵はその挑発に乗って来た。刀や薙刀《なぎなた》を手にして藪から立ち上がる。忠行は目で数えた。

十六人。忠峯の口にした通りの人数だ。

「他に仲間を連れて来ておらぬか見ていたのよ。なんでうぬらごときを恐れる」

纏《まと》めと思しき男が進み出て高笑いした。

「それより偽者ではなかろうな？」

「加茂忠行」

忠行は臆《おく》せず名乗った。

「儂《わし》は大叔父の忠峯」

「たいそうな術士と聞いたが、若造と年寄り。気の毒だが命を貰《もら》う。銭で頼まれた仕事。恨むならそっちを恨め」

「恨みたくても相手が分からぬ」

「聞き出す腹か。ちっとは頭が回るらしい」

「名を言えばそなたらを無事に帰し、銭とて倍払ってやってもよい」

「じじい、嘗《な》めるんじゃねぇ！」

男は薙刀を頭上でぶんぶん振り回した。

「空におる鬼からの頼まれごとじゃな」

忠峯は上に目をやった。夜空でなにも見えないが、気配はずっと強くなっている。

「空だと？　いよいよ頭がおかしい」

男は鼻で笑って間合いを詰めた。他の者らはのんびり見守っている。纏めの男の腕を信じ切っている顔だ。

「鬼でなければ源光どのか？」

男に一瞬だが緊張が走った。

「はて、奇妙な話。なんで源光が我らの命を所望する。これは面白うなってきた」

「ごちゃごちゃほざくな！」

男は踏み込んで薙刀を振り下ろした。おおっ、と他の者らが仰天の声を発した。纏めの男はまるで見当違いのところに薙刀を振り下ろしたのである。

「な、なにぃ！」

藪を払っただけと分かった男の驚きはさらに大きかった。今の振りを外されるはずがない。薙刀が忠峯の頭に食い込んだのは間違いなかった。男は慌てて周りを探した。

「どうした。それが自慢の腕か」

左手の藪から笑顔で忠峯が立ち上がった。

「野郎、いつの間に！」

男は地面を蹴《け》って襲った。今度は真横から払う。こうすれば躱《かわ》されない。薙刀が綺麗《きれい》に忠峯の腹を両断する。やった、と思った途端に忠峯の姿が掻《か》き消えた。振り回した薙刀の勢いで男はごろごろと原に転がった。

「兄貴、なに遊んでやがる！」

二人が駆け寄って男を起こした。

「し、しかし」

男は自分の頭を拳《こぶし》で何度も叩《たた》いた。

目がおかしくなったとしか思えない。

「おまえは儂の術中にある。逃れられぬ」

男の肩に忠峯の手が触れた。

わわっ、と男はその手を払った。薙刀を身構えて忠峯に一歩近付く。

「あ、兄貴、おれだ、おれだよ！」

はっとして見やると配下の怯《おび》えた顔がある。

「くそっ、皆でじじいらを片付けろ！」

男は喚《わめ》き散らした。混乱してなにがなにやら分からない。

纏めの男の動転は他の者らにも影響した。

普通ではないと感じたのだ。

そこに香夜が飛び込んだ。

半端に構えていた男らがたちまち香夜の刀の餌食《えじき》となった。手足を失って三人が原に倒れ込む。男らは包囲の輪を広げた。警戒と恐れの両方がそれぞれの顔に見て取れる。

「忠行、香夜を死なせたくないなら守れ」

忠峯は忠行にあとを任せた。

「儂は空の鬼を引き受ける」

忠峯は空に向けて九字の印を切った。両手を掲げて鬼の気配のする方角に狙いを定める。呪文《じゅもん》を唱え、掌に集めた気を思い切り押しやって飛ばす。それを何度も繰り返す。これで鬼も迂闊《うかつ》には近付いてこないはずだ。


〈な、なんという力じゃ！〉

泥人形は必死で躱していた。気の凝縮した球が続け様に打ち上げられてくる。当たれば空高く弾かれるに違いない。体がばらばらにされるだろう。

〈じゃから侮るなと言うたのよ。盗賊ごときに倒せる者ではないわ〉

あわよくば手助けに回って今夜でけりをつけるつもりだったが、これでは己れが危うい。

〈しっかりした罠《わな》を用いねばかなわぬ相手〉

今夜の結末など見えている。

さっさと泥人形は逃れることとした。

「もうよい。あとはおれがやる」

忠行は香夜を下がらせた。香夜はあれから二人を片付けている。残りは十人程度。

「油断するな！　こやつも術士だぞ」

敵は慎重になっていた。

それは忠行にも好都合である。

術はこちらの力を恐れていればいるほどかけやすくなる。無心の赤子には術が通じない。

「原に火をつけて、共に死ぬか」

忠行は懐ろから火打ち石を取り出した。弾くと火花が派手に飛び散る。真夜中だ。輝きに目が眩《くら》むほどだ。男らの目が火花に集められている。本能で抗《あらが》えない。忠峯はなにも使わずに相手を術に誘ったが、忠行の腕ではこうでもしないと無理だ。

忠行は火花を繰り返し散らしながら男らをゆっくり見回した。だれの体も揺れている。刀や薙刀《なぎなた》がぐらついていた。

「おれの手に火が燃え移った」

頃合と見て忠行は口にした。

男たちから唸《うな》りが上がった。突き出した忠行の掌の上を凝視している。男たちには激しく手を燃やす炎が見えているのだ。

「その男、覚悟しろ」

忠行は真正面の男を指差した。

「この火が貴様を襲う」

忠行は腕を掲げて振り下ろした。男らの目が宙へと移る。忠行の腕から放たれた火を追う。皆の目が一人に注がれた途端、その男は悲鳴を発して原を転げ回った。他の者らは額に手を翳《かざ》して離れた。だれもが怯え切っている。仲間が猛火に包まれているのだ。

「原に火が回る。風も強まった」

忠行の言葉に男らは慌てた。風を感じている様子がありありと分かる。

「火が先か、逃れる足が速いか——」

脱兎《だっと》のごとく男らは駆け出した。刀や薙刀も放り投げて行く。纏《まと》めの男も逃げ出した。

忠行はほうっと安堵《あんど》の息を吐いた。

火など見ていない香夜は小首を傾げた。

「わずかのうちに上達したの」

忠峯が忠行の肩を叩いた。

「雑魚など殺しても自慢とはならぬ。香夜にしても腕や足を傷付けただけのこと」

「空の鬼はいかがいたしました？」

「あっさり逃れた。我らの力を試す程度のことだったと見える」

「殺せと命じたのが源光さまであれば――」

「すでに操られているという証《あか》し。遠慮は要らぬということだ。清行がどう考えるか分からぬが、報告して明日の夜には踏み込もう」

「清行どのが躊躇《ちゆうちよ》されたときでも？」

「我らは内裏の体面のために働いているのではない。鬼封じが陰陽師《おんみようじ》の務め。忠道の仇も果たしてやらねばなるまい。清行に逆らえばせっかくの手柄を捨てることになるやも知れぬが、それは諦《あきら》めよ」

「言われずとも心得てござります」

「どうせ窮屈な陰陽寮」

「それで大叔父上は巷《ちまた》に下られましたか」

「鬼はどこにもおる。内裏ほどではないにしてもな」

「大きな声で申すことではありませぬ」

あははは、と忠峯は笑った。

泥人形は戻って桔梗に伝えた。

「あのままではこっちがやられる。見届けずに来たが、皆殺しにされたはず」

桔梗の頬はぴくぴくと痙攣《けいれん》した。

「しかも間抜けどもらばかり。源光の仕業と知れたぞ」

「……」

「明日にでも源光の周りを探ろう。だから余計なことだと言うたのだ。今夜中にだれぞの体に乗り移るのが安心と申すもの。ぐずぐずしておられん。おれにも脚を戻せ」

「だれぞと言うて、だれがおる」

桔梗は泥人形を蹴飛《けと》ばした。

「不様に逃げ帰りながら脚を戻せじゃと。ほとほと役に立たぬ者ぞな」

「鬼は得にならぬことはせぬ。強い相手と見れば逃げるが勝ち。おかしいのはそっちだ」

「この体じゃから得になる。この屋敷にどんな男がおると申す？　光は館に戻った。いまさら郎党ごときに乗り移れると思うか！　はじめからやり直しせねばならぬ」

「あの者らとやり合う羽目になりかねぬぞ」

「光に言うて兵らで館を固めさせる」

「言う暇があるなら光に乗り移れ」

「明後日は帝《みかど》が歌会で光の館に足を運ぶ。舞いを披露することになった」

「そなたがか？」

「帝はそのまま光の館に泊まる」

「なるほど、そうして帝に乗り移る気じゃな」

「この顔と体、帝も欲しがるに決まっている。こっそり忍び込めば嫌とは申すまい」

「二日を凌《しの》げばそなたが帝にのぅ」

泥人形は考え込んだ。

「帝となれば何万もの兵が用いられる。術士がなにをしようと――」

「それはそうじゃ」

泥人形も力を得た。

「大いに得となる話。踏ん張らねばならんか」

「歌会の夜まで姿をくらます手もありそうじゃ。兵を頼めば、いかに阿呆《あほう》の光も怪しむ」

「そりゃいい。兵など当てにならぬ。桔梗の体をどこぞに隠して男に乗り移るのもよかろう。向こうが的としておるのは桔梗。なにをしたとて無事というものだ。歌会の前にまた桔梗とまぐあって戻ればよい」

「悪知恵ばかりはよく働く」

桔梗はころころと笑って、

「なれど隠すのはちと心配。二日近くもおとなしくしておるまい」

「まずは若い郎党一人を引き連れて市にでも行け。その郎党を誑《たぶら》かすぐらいはたやすい。郎党に乗り移ったら桔梗を縛り上げ、あぶれ者らに銭を用いて見張らせればよい。体を好きにしてもいいと言えば目を離さぬさ」

「男らがこの体に惚《ほ》れて桔梗ともども逃れる恐れはないか？」

「おれが見守っていてもよい。そなたは桔梗が天狗《てんぐ》隠しにでも遭ったように見えなくなったと大騒ぎして屋敷に戻れ。わずか一日ちょっとのことだ。我れながら妙案ぞ」

「と思えるな」

桔梗もようやく笑いを浮かべた。

5

「鬼が源光どのの側女に取り付いておるとな」

忠行の言葉に清行は驚きの声を上げて見せた。だいたいは日蔵の報告で察している。

「清行さまのお指図にて迎えに参ったと使いの者が申しておりましたが？」

「知らぬ。断じてない」

「我らも承知の上で化野《あだしの》へ向かいました。源光さまが世話をしておられる桔梗と申すお人が怪しいのは前々から知っていたこと。それで大叔父の忠峯がわざと源光さまの御名を口にいたしたところ刺客どもが慌ててござります」

うーむ、と清行は唸《うな》った。

「恐らく桔梗さまに乗り移っている鬼めが源光さまを唆して我らを亡き者にと企《たくら》んだのでござりましょう。となると鬼の正体も菅原道真公の怨霊《おんりょう》とは無縁。道真公の怨霊なれば源光さまに恨みを持たれておるはず。手を組むとはとうてい考えられませぬ」

「では正体はなんじゃ？」

「そこまではまだ。いずれにしろ鬼封じが急務と存じます。源光さまにすべてをお話召されて桔梗さまを遠ざけさせてくださりませ。その上で手前どもが館に踏み込みまする」

「馬鹿を申すな」

清行は忠行の言を撥《は》ね除《の》けた。

「源どのは右大臣であられるぞ。さしたる証しもなしに軽々と口にできると思うか。ましてやそなたらを襲わせたなどと口が裂けても質《ただ》されぬこと。話は分かった。今後は源どのの身辺に目を配るようにする。ご苦労であった。そなたの役目はもはや無用。あとは儂《わし》が上手く始末いたす。いずれは陰陽寮に加茂が復帰できるよう働いてつかわす」

「鬼を捨て置かれると申されますか！」

忠行は耳を疑った。館への襲撃はさすがに許してくれないと見ていたが、野放しにするとは思いもよらぬ返答である。

「相手が悪い。下手に進言いたせば内裏から追われる。確かな証しを得るまでは様子を見るほかにあるまい」

「源光さまも桔梗さまが鬼とは知らぬはず。源光さまを責めておるのではありませぬ。詳しくお話申し上げればお分かりになるものと」

「手柄欲しさの焦りか」

清行は侮蔑《ぶべつ》の顔をした。

「加茂も落ちぶれたものよ。かほどの大事、うっかりすれば内裏の乱れとなる。それがうぬには分からぬらしい。己れの手柄しか考えぬ陰陽師は逆に禍《わざわ》いの種子となる。とっとと立ち去れ。見誤ったわ」

清行は荒々と言い放って席を立った。

「お待ちを！　お待ちを」

忠行は必死で訴えた。

「二度とこの館にその顔見せるな！」

清行は忠行に毒づいて去った。

「ちと哀れな気もいたしました」

忠行が肩を落として辞去したのを見届けた日蔵が清行の居る部屋に戻って胡座《あぐら》をかいた。

「もはや用済み。儂の後ろ盾なくばなにもできまい」

「なれば手前一人で鬼を倒せと？」

「いや、まこと桔梗とやらに鬼が取り付いていて、源光がその言いなりになっておると申すならなおさら面白い。鬼と手を組めば儂が源光の上に立てる。右大臣より上と申せば左大臣と並ぶ。そういう理屈になろうよ。わずかの昇進など問題にならん」

「それで忠行に手を引けと……」

「引き止めはしたが、あの様子では分からぬ。忠行らが怪しき振る舞いに出たときは食い止めよ。さすれば鬼も恩義に感ずるはず」

「鬼と組むなど凡人には思いもよらぬ策。感服つかまつってござる」

「が、鬼を手懐けられる自信はあるか？」

「やって見ねば分からぬことなれど、試して損にはなりますまい。手に負えぬときは別の手立てを」

「頼みとしておるぞ」

清行はその返答に満足した。

意気消沈して戻った忠行に意外な知らせが待っていた。館を見張っていた清貫がもたらしたものである。

「あの女が天狗隠しに！」

信じられない話だ。

「源光が狂ったようになって探させておるそうな。嘘とは思えぬ」

「我らの襲撃にしくじって姿を眩《くら》ませたのでござろうか？」

「それなら一安心じゃが……」

忠峯は眉間《みけん》に皺《しわ》を寄せた。

「とは思えませぬな」

忠行は苦笑いした。その程度の鬼であれば苦労はしない。

「これを耳にいたせば清行どのもさぞかし安堵《あんど》いたしましょう。腰の引けたお方」

「攻めてはならぬと言われたか」

「それどころか不問に伏すお考え。手前も館への出入りを禁じられました」

忠行が詳しく伝えると皆は呆《あき》れた。

「腰の引けた者にはあらず」

　忠峯は首を横に振って、

「そなたを遠ざけて己れ一人の手柄となすつもりか、源光の弱味を握って今後を上手く立ち回る気なのであろう」

「内裏がどうなろうと構わぬので？」

　清貫は目を丸くした。

「三善清行、鬼より始末に悪い。あんな者に頼るようでは内裏も知れておる」

「それより消えた桔梗の行方にござる」

　忠行は忠峯に詰め寄った。

「居なくなったのは西の市の雑踏だとか。鬼が取り付いた身。さらわれるわけもない」

　忠行は頷《うなず》いた。

「この騒ぎで源光は明日の歌会がどうなるかと案じているらしい」

「とはまた呑気な話にござりまするな」

「帝が泊まりがけで参るそうな。それでじゃ」

「……」

「桔梗の舞いを見せるつもりだったとか。それは諦《あきら》めねばならぬにしろ、女ごときのことで帝の臨席する歌会を取り止めにはできぬ。源光の苛立《いらだ》ちも想像がつく」

「その歌会と天狗隠し、無縁にござろうか」

忠行に忠峯も不審を覚えた。

「どう繋《つな》がると見た？」

忠峯は忠行に質した。

「鬼の狙い、もしや帝にあるのでは？　今夜我らが館を襲撃して騒ぎとなれば歌会が中止となるやも知れませぬ。明らかなる不穏。それを避けんとして身を隠したとも思われます。それなら通りを隔てた源光さまの館になんの関わりもなきこと」

「由々しき疑いを抱いたものじゃな」

忠峯は吐息しながらも大きく頷いて、

「有り得る。淫鬼《いんき》は人をたらし込んで乗り移る。桔梗の舞いに帝が心を動かせば、その先のことはどうなるか知れん。源光に乗り移らなんだのは帝を的としていたせいとも取れる」

「とんでもないことになりました」

忠行は溜《た》め息を吐いた。

「いかになんでも帝のおられる歌会に踏み込むことはできませぬぞ。しかも……その通りになればもはや……帝では国のだれ一人として疑いを口にできますまい」

「歌会の前になんとしても探し当てて退治せねばならぬ。国が滅びる」

忠峯は苦渋の顔で拳《こぶし》を握り締めた。

「鬼にしては小賢しい手を用いてくる」

「歌会の前にはきっと館に戻ろうに」

香夜はあっさりと言った。

忠峯と忠行は顔を見合わせた。

「が、そこで取り逃がせば本当にあとがない」

忠行は不安を口にした。

「そのときは歌会を取り止めにする工夫をすればよいのでは？」

香夜に忠峯はぽんと膝《ひざ》を叩《たた》いた。

「でかした。まさにその通りじゃ。たやすいこと。これで鬼の裏をかける」

「取り止めを訴えたところで耳を貸す者はおりませぬ。たやすいとはとても」

忠行は案じた。清貫も呆然《ぼうぜん》としている。

「その策は儂《わし》に任せて、そなたは呪符《じゅふ》を拵《こしら》えにかかれ。結界を館に張り巡らし、戻ったら出られぬようにする。館に迷路を作り、庭へと誘い出そう。そうすれば館の者らに気取られず存分にやり合える」

「そういう呪符など知りませぬ」

「儂が教えてやる。呪符は組み合わせて用いることにより別の力を発揮する。それを学ぶ良い機会ともなろう」

「明日の夜が分かれ目にござりますな」

「国が滅ぶか否か、我らにかかっておる」

忠峯に忠行は身震いを覚えた。

「我らの攻めを逃れる工夫をした気でいようが、結局は鬼の浅知恵」

忠峯はくすくすと笑った。

紅蓮鬼

1

翌日の夕刻間近。

都の寂れた一画にある民家にそっと近付く郎党の姿があった。口笛を吹いて合図する。すぐに泥人形が空を飛んで現われた。

「遅かったではないか。歌会は行なわれるのじゃな？　見張っていて気が気ではなかった」

「安心いたせ。まだ間がある」

「忠峯らの動きはどうじゃ？」

「なにもない。消えたと知って都から逃れたと見たのではないかの。これなら桔梗のままでもよかった。あらくれ者らを相手に楽しめたであろう」

「そなたならそうかも知れぬの。まったくの好き者ばかり。四人が代わる代わる攻め立てた。あのような美しい女には二度とお目にかかれまい。一人が十回として四十回はいたぶられたはず。抗《あらが》う気力もなくなっていた。果ては眠りながら男らの好きにさせておる。このおれですら気の毒に思うた」

「なればあらくれどもらの臭さが染み込んでいよう。体を洗わねば歌会には出られぬ」

「あの者ら、殺すぞ。構わぬな？」

「桔梗の恨みを晴らすつもりか」

「よく考えれば桔梗になんの罪もない。そなたに見込まれたのが運の尽き」

「鬼とは思えぬ情けではないか」

「でもないと思うていたが、そなたのやり口を見ておれば情けをかけたくもなる」

「この策を言い出したのはそっちだ」

「じゃからこそ寝覚めが悪い」

「好きにしろ。鬼が人殺しの許しを得る必要などない。桔梗さえ無事なら無縁だ」

「そなたが帝に乗り移れば桔梗はどうなる」

「忠道と違って日が浅い。元に戻る」

「だったらおれにくれ」

「惚《ほ》れたのか」

「そういうわけではないが……」

「惚れたとてどうにもなるまいに。泥人形の体でなにができる？」

「あとでゆっくり考える」

「ならぬ。桔梗は源光より取り上げて側に置く。ときどき体を入れ替えれば男と女、双方の楽しみを味わえる」

「そなたはとことん鬼じゃのぅ」

泥人形はがっくりうなだれた。

「始末するなら早くしろ。あの者らと話をしたとて意味がない。ここで待っておる」

郎党は泥人形に命じた。

「桔梗のおる部屋から四人を誘い出してくれねば巻き添えにしてしまう」

「まったく、手間のかかる者だ」

郎党は民家の戸を叩《たた》いた。

「褒美の銭を持って参った。開けてくれ」

郎党を待っていたように戸が開いた。

「よほどの銭でなければ頷《うなず》かんぞ。儂らはあの女が気に入った。少しの銭では手放さぬ」

髭面《ひげづら》の男が郎党を威嚇した。

「皆で相談いたそう。銭を払うのは主人。儂も仲間に加えてくれたらなんとでもする」

その返答に髭面は腹を抱えて笑った。

四人が揃ったのを見て泥人形は蔀戸《しとみど》からふわふわと潜り込んだ。

「な、なんだこやつ！」

宙に浮いている泥人形に四人は腰を上げた。

「外に出ておれ。怪我をする」

泥人形は郎党に言った。郎党は抜け出た。

「よくも小汚ない男根で桔梗をいたぶってくれたの。その礼をさせて貰《もら》う」

泥人形は宙で体を回転させた。両手を広げて、独楽《こま》のような動きだ。たちまち猛烈な風が部屋に吹き荒れる。男らは棒立ちとなったままなにもできない。泥人形の回転がさらに激しさを増す。ぶちっと音がして一人の首が千切れ飛んだ。手足が飛ばされた者もある。血が風に乗って渦となる。その中心にあるのは泥人形だ。風の色がどんどん赤く染められていく。風の渦には千切れた手足や首も混じっている。

泥人形はぴたりと回転を止めた。

どどん、どどんと手足が壁にぶち当たって落ちた。床から壁、そして天井まで血が一色に染めている。四人の細切れの肉が四方に飛び散っている。泥人形は笑いを発した。

「これほどの力を持ちながら、なぜ恐れる」

郎党が血の床に踏み込んで首を傾げた。

「結界の壁があっては通じぬ」

泥人形は桔梗の繫《つな》がれている部屋に急いだ。郎党も肉を踏み潰《つぶ》して向かった。

2

「何者か知らぬが、しつこい」

忠峯は歩きながら呟《つぶや》いた。

「鬼とは違うが敵であるのは確か。今夜の邪魔をされては取り返しがつかぬ」

「手前にはなにも感じられませぬが？」

忠行は目を閉じてあちこち探った。

「清行の手の者かも知れん。我らが勝手をせぬよう見張らせていたのじゃ」

「それほど腕の立つ者を抱えているなら我らを用いるはずが……」

「策士は己れの逃げ場を常に用意しておく。我らなら鬼退治に失敗しても清行に責めは及ばぬ。反対に手柄は横取りできる。ぎりぎりまで手駒を使わぬのが賢明と申すもの。そうやって清行は内裏の海を泳ぎ渡ってきた」

「まことなら間違いなく邪魔をしてきますな」

「この先で二手に分かれよう。時間がない。桔梗が戻る前に館の中に呪符《じゅふ》を貼りつけておかねばならぬ。そなたらに任せる。儂《わし》は尾行の者を片付ける」

「どちらを追うか分かりませぬ」

「桔梗の館を目指す者を選ぶ。そなたらは遠回りの道を行け。儂は真っ直ぐ向かって途中で敵を誘い出す」

「私もお師匠さまと」

香夜が同行を申し出た。

「いずれが大事な役目か心得ろ。それに刀が通じる相手とは思えぬ。案ぜずともよい。必ず館に参る。それまでに仕事を果たしておけ」

忠峯に香夜も仕方なく従った。

「鬼は桔梗一人と違うぞ。油断するでない」

「もし……大叔父上が遅参したときは？」

「知れたこと。そなたと香夜でやるのだ」

「手前らだけでやれるでしょうか？」

「やるしかない。二人が敗れたと見たら清貫は手筈《てはず》の策を。それで歌会は即刻中止。帝も内裏へ引き返す」

忠峯に清貫は緊張の顔で頷いた。

「そなたの父への書状も清貫に預けてある。我らが駄目でも加茂所縁の者が力を合わせれば望みはある。先のことは考えるな。術士にとって迷いが一番の敵」

「それで心が晴れました」

「己れの腕を信ぜよ。格段に上がった」

励ましではなく本心から忠峯は口にした。

「修行で得る力などわずかのもの。そなたにはもともと力が秘められていた。いまなら呪《じゅ》文《もん》も唱えずにたいがいのことができよう」

忠峯は言って忠行たちと分かれた。


日蔵は忠峯のあとを追っていた。

桔梗が館から消えたのは日蔵も知っている。

忠峯らの襲撃を恐れてのことだろう。

忠峯らを殺せば桔梗も戻るに違いない。

桔梗のおらぬ館に向かってなにをする気か知れぬが、一人になってくれたのは好都合だ。

逸《はや》る気持ちで角を曲がると忠峯が目の前に立っていた。日蔵はぎょっとなった。

「ここら辺りなら人通りがない」

忠峯はにやりとして言った。

「見たことのない顔じゃが、清行の手先だの」

「…………」

「衣から臭水の匂いがする。火を吐いて見せたのもそなたであろう。騒ぎをさらに大きくして褒美を吊《つ》り上げようとしたか。清行なら考えそうなこと。清行こそ鬼じゃと伝えて貰いたいが、そなたには無理な役目」

「なんの話だ！」

「ここで死ねば伝えられまいに」

「貴様、どこまで知っておる」

「さてな。知るつもりもない。儂はうるさく付き纏《まと》う蝿を叩き潰すだけのこと。多少はできるらしいが、術はそなたのような者のためにあるのではない。始末するに躊躇《ちゅうちょ》はない」

忠峯は煽《あお》り立てた。

腕を対等と見ればこそのことだ。その場合、心の乱れが勝敗に関わってくる。

「老いぼれのくせにぺらぺらと」

日蔵の額に青筋が浮かび上がった。待ち伏せされたという動転も加わっている。

「見張りがおれの役目。貴様などいつでも殺せた。この日蔵を蝿とはよくも言うた」

「おお、その名なれば聞いたことがある。糞蝿《くそばえ》の仲間であったか」

「この死に損ないの老いぼれめ！」

日蔵は激怒の気を飛ばした。

が、手が震えて狙いが定まらない。忠峯が背にしていた壁に当たる。どーんと重い音を立てて壁が崩れた。

「馬鹿力とはよくも言うたり」

忠峯はからからと笑った。

「どこまでも愚弄《ぐろう》するか！」

日蔵は連続して気の球を放った。忠峯はするりするりと躱《かわ》した。壁が深くえぐられる。

〈やるものだ〉

と内心では思っても顔には出さない。忠峯は笑いを崩さずにいた。

「足元がふらついておるぞ」

忠峯の余裕に日蔵はさらに動揺した。

力の弱まった手頃な気の球が飛んできた。忠峯は右手を突き出して掌で受け止めると、くるりと体を回転させて反対に日蔵へと戻してやった。日蔵の腹にそれは命中した。日蔵は弾け飛んだ。

「修行が足りぬとはこのこと」

掌の痺《しび》れを気取られぬようにして忠峯は哄笑《こうしょう》した。ふらふらと日蔵が起き上がる。

「儂に気など通じぬ」

そう思わせるのが大事だった。飛ばす気の威力は日蔵の方が勝っている。だから忠峯は飛ばさずにいたのだ。勝てると見れば日蔵はそれだけに集中してこよう。こちらとていつまでも躱していられるものではない。日蔵も次第に落ち着きを取り戻してくるはずだ。

「おのれ！」

忠峯の接近を恐れて日蔵がまた気を放った。腰が定まっていない。気は忠峯の頭上を飛んで松の木の枝を粉砕した。

「それしか術が使えぬのか」

忠峯は挑発した。日蔵が憤怒の顔となる。

完全に心を失っている。

ここまでくればあとはたやすい。

「知れた腕じゃの。力で押すばかり」

忠峯は日蔵の足首に気を飛ばした。足を取られて日蔵はごろんと転がった。知れた攻めであるのだが転がされた側の屈辱は大きい。起き上がろうとする日蔵の腕を狙う。日蔵はふたたび転がった。

「気とはこのように用いるもの」

それは嘘ではない。渾身《こんしん》の力で放った気も躱されては無駄なものとなる。弱いところを衝くのであれば力もわずかでこと足りる。

「おれのまことの力を見せてやる」

日蔵は気での攻めを諦《あきら》めて印を結んだ。

忠峯は安堵《あんど》した。

他の術になれば経験が物を言う。

日蔵の方は懐ろから瓢簞《ひょうたん》を取り出して中身を口に含んだ。手早く縄に火を点《とも》す。

「火吹きの術とは手数が少ないの」

忠峯が言った途端——

想像以上の炎が日蔵の口から噴出した。日蔵は吹きながら炎を左右に走らせた。気の球は一直線に飛んでくる。が、炎は自在だ。日蔵の思うがままに忠峯を襲う。さすがの忠峯にも避けられなかった。忠峯の袖《そで》に火が移る。臭水を含んだ炎だけに消えない。忠峯は袖を引き千切って捨てた。

「今度は防げるか？」

日蔵は炎を吐きながら高笑いした。

地面を蹴《け》って跳んだとて炎は追いかけてこよう。忠峯はたじたじとなった。雨なら火を消せるが、雲を呼び寄せる余裕はない。

「この炎の勢いには勝てまい」

勝ち誇った声で日蔵は接近した。距離を計るように炎を飛ばしてくる。忠峯の頬が熱い。

「さっきの口利きはどうした？　もはや老いぼれの世ではないぞ。さっさと死ぬがいい」

忠峯は壁に追い詰められた。ただの火ならなんとかなっても臭水では分が悪い。あっという間に炎に包まれてしまう。

「よくもおれを馬鹿にしたな！」

逃げ道を塞《ふさ》いで日蔵が迫った。炎が口から吹かれ続けている。

〈そうか！〉

忠峯は気付いた。咄嗟《とっさ》に腰の小刀に手をかけて引き抜く。忠峯はぶわっと膨らんだ炎の中に飛び込んだ。日蔵が日の前にある。忠峯の刀はその腹に深々と食い込んだ。

「き、貴様……なんで！」

日蔵は悶絶《もんぜつ》した。炎が消滅している。

「愚か者めが！」

忠峯は日蔵の腕を惜しんでいた。ここまでになるには十五年もの修行が要る。

「炎を吐きながら口は利けまい」

「く、くそ！　それで術と見破ったか」

「得意の技と承知ゆえ儂《わし》も本物の炎と見た。そこを狙うとはなかなかのもの。危うくそなたのまやかしに引っ掛かるところであった」

本当に火を吐いたのは最初だけであろう。その火の明るさで忠峯を術に誘い込んだのだ。

「儂も刀など用いたくはなかったが……許せ」

忠峯は日蔵の腹から刀を引き抜いた。

「加茂忠峯……老いぼれにしては……やる」

日蔵は笑って倒れ込んだ。

忠峯は道に落ちている袖に目を動かした。

燃えてなどいない。

「この儂を誑《たぶら》かすとは見事。褒めてやろう。運が良ければ助かる。正しき術を学べ」

忠峯は日蔵に言い捨てて道を急いだ。

3

「お師匠さま、よくぞご無事で」

香夜が気付いて駆け寄って来た。忠行と清貫も安堵の顔で頭を下げる。

「やはり清行の手の者であった。名は日蔵」

「日蔵と申せば吉野の山にて名高き者！」

「そうじゃ。儂も噂は聞いていた」

「殺《あや》めましたので？」

「とどめは刺さずに捨て置いた。今夜の邪魔にさえならねばよい」

それに忠行は首を縦に動かした。

「呪符《じゅふ》はすべて貼り終えたか？」

「床下やら庭の木の枝に吊してござります」

「桔梗が戻った様子は？」

「まだ。そろそろとなりの館には客が……まさかとなりの館に真っ直ぐ入る気ではありますまいな？」

忠行は不安を目に浮かべた。そうなれば全部が無意味な働きとなってしまう。

「それはない。いきなり戻った桔梗を問い詰めもせず帝《みかど》の前に出しはすまい。必ず桔梗はこちらに戻って源光に帰参を知らせる」

「なれば安心」

「呪符の位置や貼り方に間違いなければ桔梗は庭の築山に導かれて参る。我らはそこで待とう。清貫は我らが桔梗と対峙《たいじ》しているうちに、預けてある呪符を築山の上り口に置いてこい。そうすれば逃げられぬ。築山一つがまるまる結界となる。空の上もじゃ。館の者らとて踏み込んではこれまい」

「呪符一つでなぜそこまでできるのか……手前には見当もつきませぬ」

「呪符は鬼を払いもするが、逆に招きもする。鬼には一枚の呪符が寝所にも見え、庭とも感じられる。それを組み合わせれば道をつけられる。鬼は築山こそ己れの部屋と思うはず」

「他の景色は目に映らぬので？」

「まやかしの術とおなじだ。術にかかれば見えぬ炎や化け物が現われる」

その説明に忠行は納得した。

「すでに術中にあれば戦いも楽と申すもの。鬼が二匹おるなら簡単にはいくまいが、我らとて二人。香夜と清貫もおる」

「死んでも鬼を食い止めて見せまする」

「死ぬ、死ぬと言うて香夜を案じさせるな」

忠峯に香夜もこっくりと頷《うなず》いた。

忠行はぼりぼりと頭を掻《か》いた。

「術は得意でも女の心は知らぬようじゃ」

「と申されますと？」

「香夜の顔を見ればすぐ分かる。わざわざ口にせずとも伝わっておる」

香夜の頬が赤く染まった。

「が、鬼退治が先」

忠峯は桔梗の館の庭に潜り込んだ。


その頃、二匹の鬼も館に近付きつつあった。

「そなたはまっこと非道の鬼ぞな」

桔梗の懐ろの中で泥人形は言った。

「役に立った郎党すら平気で殺す」

「桔梗の体を洗ってやるのが面倒だっただけ。それなら桔梗となって己れで洗うのがたやすい。弱り果てた桔梗の体では川の水の冷たさに耐えられまい。それで乗り移りを早めた」

「そこまでは分かる。じゃが、郎党を殺さねばならぬ理由はどこにある？」

「この一日半、なにをしたか覚えておらぬにしても、のちのちの面倒になりかねぬでな。桔梗の体を知った者は必ず溺《おぼ》れて付き纏《まと》う」

「いやいや、殺しが好きなだけに過ぎぬ」

「なんとでも言え。帝となったらもっと派手にやる。いまから楽しみで堪《たま》らぬわ」

「その顔を見上げておれば桔梗への思いも薄れる。あな恐ろしや」

「館の屋根が見えて参ったが……はて？」

桔梗は足を止めて怪訝《けげん》な顔をした。

「どうした？」

泥人形も顔を覗《のぞ》かせて眺めた。

「なにやら館の上の空に気が渦巻いているような……それに真上の雲も赤い」

「夕焼けであろう」

「先乗りして様子を確かめてこい」

「また面倒臭い仕事を押し付ける。なにがあったとて戻らねばならぬ館ではないか。それとも不審があればこのまま逃げ出すと？」

「そうはいかん。せっかくここまで運んだ」

「ではおなじじゃ。気の渦もそなたが暮らしおるせいじゃろう。忠峯が潜みおるなら気を悟られぬようにする。ぼろを出す者ではないぞ。そなたの行方を案じて光が術士でも招いているのかも知れん。祈禱《きとう》の最中やも」

「それは考えられる」

桔梗も半分は得心の顔となった。

「その祈禱に救われたふりをすれば無駄な言い訳を並べ立てることもない。むしろそなたにとっては都合がいい話」

「その術士、忠峯ではあるまいな」

「馬鹿な。光は人を雇って忠峯を殺させようとした。頼むわけがなかろうに」

「理屈だ。忠峯であるはずがない」

桔梗は疑念を払って歩きはじめた。

「あと数刻でこの国が我らのものとなるか」

泥人形の声は弾んでいた。

「きっと脚は戻せよ。帝となればもはやおれの手助けも要るまい」

「約束した手柄はまだ二つだ」

「この二日を凌《しの》いだのはだれの知恵と思う」

「三つと数えてやってもよい」

「なんの恐れもなくなる。おれを縛り付けておく必要がどこにある?」

「貴様、なかなか面白い。暇潰《つぶ》しになる」

「こっちはごめんじゃ! おれとて好き勝手がしたい。いつまでも黙っておると思うなよ」

泥人形は懐ろの中で暴れた。

桔梗は裏門から入った。

ぞくっと寒気を感じて桔梗は躊躇《ちゅうちょ》した。

「静か過ぎる。奇妙とは思わぬか?」

「主のおらぬ館ぞな。浮かれ騒いでいては反対におかしい。別に変わらぬように見える」

泥人形は館から庭へと目を動かした。

「にしても人の声一つ聞こえぬ」

「おおかた歌会の支度の手伝いを命じられておるのじゃろう。帝の接待となれば人手がいくらあっても足りぬ」

「なるほどな」

桔梗は寝所に通じる渡殿に上がった。

「だれぞおらぬか！　戻った」

苦しい息遣いを拵《こしら》えて桔梗は叫んだ。

それでも館の者の返事がない。

「いよいよとなりの手伝いと決まった。衣を着替えて足を運ぶしかないぞ」

泥人形に桔梗は舌打ちした。

「光にすればそなたより帝が大事。怒っても仕方あるまい」

「妙に渡殿が歪《ゆが》んで見える」

「かっとして頭に血が昇ったのだ」

「あの雲もおかしい。さきほどから動かぬ」

「桔梗の疲れが出ておるのだ。桔梗はぼろぼろのはず。眩暈《めまい》もしよう」

「貴様はなにも感じぬと？」

「景色の揺れなど空を飛んでいれば当たり前。すぐに慣れる」

「そういう問題ではない！」

「そう言うが、渡殿が歪むわけがない。雲かてそうじゃ。動かぬこともあろうよ」

「………」

「それともそなたには庭に敷き詰めた玉砂利が餅《もち》にでも見えるのか？　踏んできたばかり」

「分かった。うるさい口を利くな。頭が痛くなってきた。いかにも桔梗のせいであろう」

桔梗は奇妙さを無理に頭から追い払った。

「参りましたぞ！」

忠行は忠峯の耳に囁《ささや》いた。

桔梗と思《おぼ》しき女が庭を彷徨《さまよ》い歩いて築山へと向かってくる。館の者は気付いていない。

「館の者には女の姿が見えませぬのか」

香夜は不思議そうに目を動かした。さほど離れていないのに互いに知らぬ顔だ。

「それがすなわち結界の働き。我らは結界の中におるゆえ鬼の姿が見える」

「今度こそ術を学びたくなりました」

「よせよせ。儂の方は今度こそそなたを普通の娘に戻さねばならぬと思うていた。鬼と争

ってなにが面白い？　その役目なら忠行一人で十分であろう。腰の刀も捨てよ。これから

は忠行がそなたの盾となってくれる」

「…………」

「いつまでも儂にくっついて諸国を渡り歩くわけにはいくまい」

「それは困ります」

忠行が慌てて引き止めた。

「都に残られて手前を鍛えてくだされ」

「その話は鬼を退治してからにしよう」

忠峯は微笑んだ。二人に恐れは見えない。

「この渡殿、音がせぬ」

桔梗はまた不審を口にした。踏めばぎしぎしと音がしたはずである。

「うむ。おれにも歪みが感じられてきた」

泥人形は慎重に周りを見渡した。

「気が館を取り巻いているせいかもな」

「どこかに忠峯が潜んでおるのでは？」

「じゃが我らとてここで引き返すわけにはいくまいて。もっとも、おれはそれでも構わぬ。怖ければ逃げるがよかろう」

「貴様が先に様子を見ておればこんな目には……こうなればさっさと衣を着替えて出る」

桔梗は駆け足で寝所を目指した。

「わらわじゃ！　戻ったぞえ」

桔梗は声を張り上げて寝所に入った。いつも居るはずの女の姿も見当たらない。

「忠峯が光を口説き落として館を無人としたのではないか？」

「有り得ぬ！　昼までなにも変事はなかった」

郎党として紛れていたので分かる。

「だったら館の者らはどこに消えた？」

「桔梗じゃ！　戻って参った」

桔梗は寝所から出て叫んだ。

「無駄じゃ。本当にだれもおらん」

泥人形は桔梗を制した。

「騒ぎ立てるより衣を選んで館を出るのが先」

そうか、と桔梗も気を取り直した。

衣は次の間の長持にしまわれている。

暗い部屋に足を踏み入れた途端――

桔梗は足を取られて転げた。

突然に床が消えたのだ。

いや、消えたのではない。

起き上がった桔梗の腰の辺りに床が広がっている。さすがに桔梗は愕然《がくぜん》となった。

「ど、どういうことぞな」

泥人形も信じられない顔で見回す。桔梗の体が床から半分沈んでいるのである。

「どうやら謀られたぞ」

床に手をやって桔梗は言った。

「床と思えば床だが……」

桔梗は床を手で叩《たた》いた。手応《てごた》えはある。

「床でないと思えば――」

ずぶりと桔梗の腕が床を貫いた。

「もはやここまでじゃの」

いきなり陽気な笑いが響き渡った。

暗い部屋の片隅に忠峯の顔が浮かんだ。大岩のごとく巨大な顔だ。

「坂道を転げられては仕方ない。いかにもここは館の中にあらず」

「ではどこじゃ！」

桔梗は身構えて喚《わめ》いた。

「館に隣り合わせた地獄と思うがよい」

「鬼に地獄を見せてなんとする」

桔梗は笑い返した。

「懐ろの土人形、それが菅公の怨霊《おんりよう》と見せ掛けていた鬼じゃな。空にあったのも貴様。おなじ気を発しておる」

「お、おれはこの淫鬼《いんき》に使われていただけじゃ。おれを呼び出したのはこやつ。我らはその命令に従わねばならぬ定め」

泥人形は忠峯に訴えた。

「馬鹿者！　なにを恐れている」

桔梗は泥人形を引き摺《ず》り出して怒鳴った。

「術ごときに怯《おび》えてなんとする」

「し、しかし」

泥人形はふわりと浮いて忠峯を見詰めた。

「主人はこちらだ。忘れるな」

桔梗に泥人形は小さく頷《うなず》いた。

「ここはすでに結界の中。結界には力が通じぬと言ったが、入っていればどうじゃ？」

おお、と泥人形は顔を輝かせて、

「やって見よう」

桔梗の真上に移動した。

「こうすればそなたを渦に巻き込むこともない。動かず身を縮めておれ」

泥人形は両手を広げて回転しはじめた。

激しい風が渦巻く。が、桔梗はその渦の中心にあるので守られている。

「もっとやれ！」

桔梗は歓喜の声を発した。

渦によって館が崩されている。柱が風に押されて曲がる。床が剝《は》がされていく。忠峯の顔も苦痛に歪んでいた。渦はさらに強まった。苦しくて息もできないほどだ。

館がばらばらとなった。

寝台や几帳《きちょう》が浮いて桔梗の周りを舞う。

「そうじゃ！　粉々にしてしまえ」

崩れた屋根が遠くへ運ばれる。庭の玉砂利が渦に混じって音を立てる。庭の木が薙《な》ぎ倒される。物凄《ものすご》い嵐だ。

「もうよかろう」

玉砂利のせいで周りが見えない。桔梗は泥人形に声をかけた。渦が治まっていく。

館とは別の景色が出現した。

「ここは……築山ではないか」

桔梗は信じられない顔をした。

館が間近に見下ろせる。

館の者の姿もはっきり認められた。

「なんでこんな場所に？」

泥人形も小首を傾げた。

「思っていたより力がある」

太い木で風を避けていた忠峯が現われた。忠行と香夜もそれに続く。三人の顔や腕には傷が見られた。千切れ飛んだ小枝によってつけられたものだ。

「だが、もう逃げられぬ。下り口を呪符《じゅふ》で塞《ふさ》がせた。空も封じてある。我らを倒したところで無駄なこと。それに、我らが戻らねば配下が源光の屋敷に火をかける手筈《てはず》。火事になれば帝《みかど》も即座に引き返す。いずれにしろそなたらの企《たくら》みは破れた。この築山でなにが起きているか館の者らには分かるまい。声も館には届かぬぞ」

うぬっ、と桔梗は忠峯を睨《にら》み付けた。

「鬼の企みなど知れたもの。見抜けぬ我らとでも思うたか。これで邪魔者はなくなった。忠道の仇を存分に晴らさせて貰《もら》おう」

忠峯は忠行に目配せした。

忠行は頷いて前に出た。

「この女はただ取り付いておるだけ。迷わずに殺せるか？」

桔梗はするすると帯を解いて全裸となった。

白く眩《まぶ》しい肌が忠行の目を射た。

右大臣ほどの者が執着する裸身である。

忠行はごくりと唾《つば》を飲み込んだ。

香夜は桔梗と忠行に目をやった。

忠行の心が明らかに乱れている。

柔らかな陰毛まで露となっているのだ。若い忠行が心を乱して当然であろう。

「うぬごとき卑しい身分の者には生涯手に入らぬ体じゃぞえ」

桔梗は妖《あや》しく姿態を拵《こしら》えた。秘処に指を当てて開いて見せる。蜜《みつ》が溢《あふ》れている。

「こうなっては我らとて諦めるしかない。無駄な争いは好まぬ。出口を開けてくれれば静かに立ち去ろう。この女は好きにさせてやる。欲しいはず。そなたの一物が膨れているのが分かる。ここに入れたいのであろう」

桔梗は脚を大きく広げて忠行を誘った。

香夜は忠峯に救いを求めた。

忠峯は首を横に振った。

ここを一人で凌《しの》がねば術士とはなれない。

それに、立ち去ると言うのならそれでもいいと忠峯は思っていた。また機会がある。

「この細い脚がそなたの腰に絡み付く。一度試せば手放したくなくなるぞ。蜜壷《つぼ》がそなたの一物を熱く包む。堪らぬ極楽じゃ。じゅくじゅくと襞《ひだ》が蠢《うごめ》いて一物から精を搾り込む。女に慣れた光さえ一晩で四度も果てた。この女と一緒になれるなら銭も名誉も要らぬ。見逃すと申すなら礼にくれてやろう。この女にはなんの罪もなきこと」

言って桔梗は忠行ににじり寄った。忠行の放心を見抜いた上のことだ。

香夜は決心してするりと衣を脱ぎ捨てた。

香夜も全裸となった。

桔梗の目が香夜に注がれた。

男を一度も寄せ付けたことのない清純な肌の輝きに桔梗はたじろいだ。

「忠行さま！　目をお覚まし召され」

香夜は二人の間に立って両腕を広げた。

忠行は香夜から目を逸らした。神々しい裸身であった。無垢《むく》な美しさに溢れている。

桔梗の妖しさとは別のものだ。

桔梗の体には危ない毒がある。

忠行は目を瞑《つむ》って呪文《じゅもん》を唱えた。

邪心が波のごとく引いていく。

「兄の仇、ここで取らせて貰う」

忠行は目を開けて桔梗と対峙《たいじ》した。

迷いを捨てれば真実が見える。

桔梗の体はぼろぼろにやつれていた。目の下にも深いくまができている。傍らに立つ香夜の清らかな肌とは較べられない。

「哀れだが、鬼に取り付かれたと知れれば館から追われる身。ここで果てさせるのが女にとっても救いと申すもの」

「殺す気か！」

　桔梗は仰天して忠行から離れた。

「生身の女を殺すに術も無用」

　忠行は刀を抜いて迫った。

「怨鬼！　なにをしておる。手助けせい」

　桔梗は真上にある泥人形に叫んだ。

「まさか本気ではあるまい」

　泥人形は忠行を見て首を横に振った。

「はったりじゃ。殺しはせぬ」

「どうかな。試してみるか」

　忠行は桔梗の長い髪を摑《つか》んで引き寄せた。

　本心は泥人形の睨《にら》んだ通りだが、ここで気取られては獲物を取り逃がす。

「許せ、許せ、この通りぞな」

　桔梗は両手を合わせて懇願した。

「己れの力では抜け出られぬらしい」

察して忠峯は呆《あき》れた。

「本気で刀を恐れている」

「なれど、出口を開ければ立ち去ると——」

「逃げられるものならとっくに抜けている」

うんうん、と桔梗は忠峯に頷《うなず》いた。

「そこの土人形、そっちはどうなのだ」

忠峯は泥人形に目をやった。

「ど、どうと言われても……おれはこの淫鬼《いんき》に操られていただけじゃからの。おれとてその女同様になんの罪もない身」

「鬼らしい返答じゃの。人をあれほど殺《あや》めておいて、なんの罪もないか」

「いたしかたあるまい。逆らえば土に戻される。おれの身になってみろ」

「ふざけた者だ」

忠峯はぎろりと睨んだ。

「と言うて、おれは殺せんぞ。この世に恨みを持つ者らの気が凝り固まったものでしかない。貴様も陰陽師《おんみようじ》なれば承知のはず」

「この世の続く限り封じることはできる」

「…………」

「この主人、どうすればいいと思う？」

「まこと桔梗には罪がない。救ってやってくれ。悪いのは淫鬼。それで安堵《あんど》して眠られる」

「貴様、なにを抜かす！」

桔梗が喚《わめ》き立てた。

「鬼にしては殊勝な覚悟」

忠峯は泥人形に頷いて、

「儂《わし》がこの手で淫鬼を体から取り除いてやろう。その上でこやつを封じ込む」

桔梗の頭に手を置いた。

暴れた桔梗だったが、すぐにおとなしくなった。ぐったりとうなだれる。

「股《また》を広げさせろ」

忠峯は忠行に命じた。

「淫鬼はそこから潜り込んだ。出口もおなじ」

言われて忠行は桔梗の脚を開いた。ふっくらとした花のような秘処が丸見えとなる。

「二人は離れていよ」

忠峯は平然として忠行と香夜を遠ざけた。
今度は腹に掌を当てて呪文を呟《つぶや》く。
桔梗の腹が大きくうねりはじめた。
桔梗が苦しみの声を上げる。
秘処が穴の口を広げていく。泥人形が物珍しげに側で覗《のぞ》き込む。
「お、出てきたぞ」
鯰《なまず》に似た頭がじわじわと押し出されてくる。香夜は不気味さに目を逸らした。
どうっと全体が一気に桔梗から抜け出た。
煮凝《にこごり》のようにぶよぶよした体だ。桔梗の脚の間でのたうち回っている。
と——
それが凝縮して黒い球となった。
球は転がって忠峯から逃れた。
そして宙に浮いた。
「間抜けめが！」
本当の声ではないが皆の胸に響いた。
「よくぞ窮屈な体から解き放ってくれた。こうなればこちらのもの」

黒い球が次に炎の固まりとなった。

「淫鬼の別名は確か紅蓮鬼《ぐれんき》」

忠峯の言葉に大きな笑いが重なった。

「諦《あきら》めろ！　どうせ結界に封じられておる」

泥人形が諌《いさ》めた。

「往生際が悪いぞ。鬼の恥となるばかり」

「うぬこそ恥じゃ！　おれの暮らしおった国にはうぬのような軟弱者はおらん。人に誑《たぶら》かされて靡《なび》くとは呆《あき》れ果てる」

「結界があってはどうにもなるまい」

「いずれは結界も朽ちる。この者らを倒してその日を待てばよい。渦を作れ。おれの炎がこやつらを焼き滅ぼす」

炎が大きく膨らんだ。中に鬼の顔がある。

「そなたと二人でその日を待つだと」

泥人形は顔をしかめて、

「ごめんじゃな。それでは何百年とそなたの下働き。やるならおれまで土に戻せ」

どすんと土に腰を据えた。

「貴様、裏切るのか！」

「主人となど思わぬ。これまでの言いたい放題。おれとて鬼の誇りがある。他の国からきた者の言いなりになどならぬわ。主人なら主人らしく配下を労《ねぎら》え。力はおれの方が上じゃ」

「よくもぬけぬけと！」

炎が泥人形に迫って包み込んだ。

「おお、気持ち良い。土がしまって頑丈になる。さらに力を得た気分」

泥人形は頃合を見て炎の中で急回転した。

ばあっと炎が分散した。

忠峯たちは身を伏せて躱《かわ》した。

紅蓮鬼の悲鳴が上がって……静まった。

忠峯たちは立ち上がった。

香夜が忠行の視線に気付いて衣を纏《まと》う。

「散り散りとなって消えたか」

忠峯は鬼の気配を探ってから口にした。紅蓮鬼の気が急速に薄れていく。

「思いがけぬ者に救われたものよな」

忠峯に忠行と香夜も頷いた。

桔梗も無事らしい。ちゃんと息がある。

「あやつ、最初から気に食わんかったのよ」

泥人形は言いつのった。

「土に戻すには惜しい力を持っている」

忠峯はにやりとして、

「香夜がおらなくなれば儂《わし》も一人となる。儂の側にとどまると言うなら許してやろう」

「そ、そりゃまことか！」

泥人形は小躍りした。

「私はいつまでもお師匠さまの側から――」

香夜が慌てた。

「忠行をまことの術士にしたのはそなた。そなたの気持ちが分からぬ儂と思うか？」

香夜は俯《うつむ》いた。

「忠行はさらに腕を上げよう。加茂の名を高める者となる。側で見守ってやってくれ」

「お師匠さまは、また旅に？」

「この土人形なれば退屈もせんじゃろう」

「その言葉、あやつにも言われたぞ」

得意そうに泥人形は言った。

「脚はどうした。もともとないのか？」

「あやつがこの館の庭のどこかに隠しておる。それもあって言いなりになっていた」

「なぜ己れで見付けられん？」

「呪符でおれには見えぬようにしておる」

「なるほど、蜘蛛殿《くもどの》にあった呪符じゃの」

「もしやそなたには探せると？」

「たやすきこと。一度見ておる」

「そなた、人にしては上出来の者」

泥人形は忠峯の肩に乗って喜んだ。

「脚を戻してくれたらそなたを主人としよう。おれと組めば銭儲《もう》けとて自在となる」

「銭など要らぬ」

忠峯に忠行と香夜も噴き出した。

そこに清貫が恐る恐る姿を見せた。

三人の無事を知って涙を溢《あふ》れさせた。

「この世に恨みを持つ者の気がおれの本体じゃと申したが、つまりは内裏やら悪党どもらに理不尽に命を奪われた者。突き詰めれば鬼ではなくて善かも知れぬ。そなたの心と根底は変わらぬ。そんな気がしてきたぞ」

「都合のいい口利きをいたすでない」

忠峯は泥人形の頭をこつんとやった。

「なれどあやつの下に居るときより、そなたの肩の上が心地好い。それは確かじゃ」

「この歳になって鬼を友といたすようになるとは思わんかった」

「友と言うたか！　ありがたし」

泥人形は忠峯の肩の上で大泣きした。

「これ、泣けば土が崩れるぞ」

忠峯はその涙を優しく拭《ふ》いてやった。

完

本書は平成十年九月一日〜十一月二十一日に日刊ゲンダイに連載された
「紅蓮鬼」に大幅な書き下ろし原稿を加えた文庫オリジナル作品です。

紅蓮鬼《ぐれんき》
高橋克彦《たかはしかつひこ》

角川ホラー文庫　H51-2　12789

平成15年 1 月10日　初版発行

発行者——福田峰夫
発行所——株式会社角川書店
東京都千代田区富士見2-13-3
電話/編集(03)3238-8555
営業(03)3238-8521
〒102-8177 振替00130-9-195208
印刷所——旭印刷　製本所——コオトブックライン
装幀者——田島照久

ISBN4-04-170422-7 C0193

角川文庫発刊に際して

角川源義

第二次世界大戦の敗北は、軍事力の敗北であった以上に、私たちの若い文化力の敗退であった。私たちの文化が戦争に対して如何に無力であり、単なるあだ花に過ぎなかったかを、私たちは身を以て体験し痛感した。西洋近代文化の摂取にとって、明治以後八十年の歳月は決して短かすぎたとは言えない。にもかかわらず、近代文化の伝統を確立し、自由な批判と柔軟な良識に富む文化層として自らを形成することに私たちは失敗して来た。そしてこれは、各層への文化の普及滲透を任務とする出版人の責任でもあった。

一九四五年以来、私たちは再び振出しに戻り、第一歩から踏み出すことを余儀なくされた。これは大きな不幸ではあるが、反面、これまでの混沌・未熟・歪曲の中にあった我が国の文化に秩序と確たる基礎を齎らすためには絶好の機会でもある。角川書店は、このような祖国の文化的危機にあたり、微力をも顧みず再建の礎石たるべき抱負と決意とをもって出発したが、ここに創立以来の念願を果すべく角川文庫を発刊する。これまで刊行されたあらゆる全集叢書文庫類の長所と短所とを検討し、古今東西の不朽の典籍を、良心的編集のもとに、廉価に、そして書架にふさわしい美本として、多くのひとびとに提供しようとする。しかし私たちは徒らに百科全書的な知識のジレッタントを作ることを目的とせず、あくまで祖国の文化に秩序と再建への道を示し、この文庫を角川書店の栄ある事業として、今後永久に継続発展せしめ、学芸と教養との殿堂として大成せんことを期したい。多くの読書子の愛情ある忠言と支持とによって、この希望と抱負とを完遂せしめられんことを願う。

一九四九年五月三日